JN056219

転生した
異世界の帝王
テオ
弟想いの
スパルタ姉
セシル

剣技の鍛錬に
励む王女
アリスティア

黒の帝王

～転生した帝王は異世界を無双する～

WING

ぶんか社

CONTENTS

プロローグ

漆黒《しっこく》の城の玉座《ぎょくざ》にて、肘掛《ひじか》けに頬杖《ほおづえ》を突いてつまらなそうに、退屈そうにする人物が一人。

その者は圧倒的な力で世界の全てを掌握《しょうあく》した。

そして、畏怖《いふ》と畏敬の念を込めてこう呼ばれた――……


――【黒の帝王】と。


帝王が世界を支配して数百年。争いもなく平穏な日々が続いていた。

「――つまらぬ」

帝王がそう呟《つぶや》いた。

配下《はいか》たちは帝王の言葉にビクッと顔を青くした。

「発言の許可を」

「許可する」

「帝王様、『つまらぬ』とは、一体どういうことでしょうか？」

「争いもなく、人は死なない」

「……良いことなのでは？」

「確かにそう望み、実現させた。だが争いも起きないこの世界に、果たして、王であるこの俺は必要なのだろうか？」

「帝王様だからこそ作れた平和な世界です！　何を仰《おっしゃ》いますか！　我々には帝王様が必要です！」

「本当にそう思うか？」

帝王は続ける。

「この世界を作るために俺は多くの者を殺してきた。みんなからすれば俺は恐怖の象徴だ」

「で、ですが――」

「俺に挑んでこようとする奴もいない」

配下たちは口を噤《つぐ》んだ。

「平和のために世界を支配するという目的を成《な》した今、やることがなくなった。人々は争いがなくなったこの世界において、平和に暮らしている。文明も発展した。ならば帝王である俺はもう必要ないだろう。お前たちもいるのだから」

「何を言っているのですか！」

「お前たちがやってきたことは知っている。お前たちがいれば、これから先も平和な世界が続くだろう。だから俺は――新たな世界に転生することにした」

「……転生、ですか？」

「転生に関しては前々から準備してすでに整っている。今日を以《もっ》て、俺は転生する。あとのことは任せた」

帝王が玉座から立ち上がる。

止める声も聞こえてくるが、振り返ることもせずにそのまま玉座の間を去っていった。

玉座の間を去った帝王はある部屋に向かう。

帝王しか知らない秘密の部屋。

魔力を流すと隠し扉が開いた。部屋に入ると、そこには幾つもの小さな幾何学《きかがく》模様の魔法陣が折り重なった、巨大な魔法陣が描かれていた。

研究を続け、ついに完成した一度限りの大魔法――【転生魔法】。

一度発動してしまえば、この魔法陣は消える仕組みになっている。

これは配下が自分の後を付いてこないようにするための施しだ。

魔法陣の中央に立った帝王は、体内の膨大な魔力を魔法陣に流し始めた。

平和を望む人々のため、力の限りを尽くした帝王は、この世界に思い残すことは何もない。

今日を以て、帝王による世界の支配が終わりを告げるのだ。

魔力を流し始めてすぐ、魔法陣が光り輝く。

魔力を流し続けると、魔法陣の輝きはさらに増していき、帝王は唱えた。

「――転生魔法、発動」

強く輝き、光が部屋を満たす。帝王が消えるその一瞬、ポツリと呟いた。

「どのような刺激が待ち受けているか、異世界を楽しもうじゃないか」

光が収まったそこには、何も残っていなかった。

魔法陣も、帝王の姿も――……

こうして一つの世界を支配した最強の帝王は、異世界に転生したのだった。

一章

「テオ、魔力の操作がまだまだね」

そう言って目の前の黒髪黒目の少年、テオに告げる少女の名前はセシル・クラウス。

二歳年上のテオの姉である。下に二つ離れている妹のエリナがいる。

そう。異世界の帝王は転生に成功したのである。

今生の名を――テオ・クラウス。

帝王が転生して十三年の年月が経過していた。

セシルの紅《あか》く長い髪が風で揺《ゆ》らぐ。

「難しいよ姉さん。コツとかないの？」

「そんなの練習あるのみよ。そもそもうちは代々強い魔剣士を輩出《はいしゅつ》してきた貴族家系。これくらいできて当然よ」

「うっ……」

テオは異世界の貴族、レスティン王国のクラウス子爵《ししゃく》家の長男として転生したのだ。

子爵家といっても貴族階級の中では中の下。下の上といったところだ。

「こうやって魔力で身体《からだ》や剣を強化することだってできるのよ？」

そう言いながら強化してみせたセシルが、近くの木に向かって一閃《いっせん》。

剣閃が走ったかと思うと、木はゆっくりとズレて地面に倒れた。

「さすが姉さん！」

「ふんっ、魔剣士として当然よ」

セシルは剣を鞘《さや》に収めながら続ける。

「これくらいできないと、今後魔剣士としてやっていけないわよ？」

「うっ、が、頑張ります……」

「なら木剣で練習がてら、そこの木を薪用《たきぎ》に斬《き》っておきなさい。私は汗を流してゆっくりしてるから」

「はーい」

去っていくセシルの背を見送ったテオは倒れている木を見つめる。

普通、木剣で木を斬れるはずがない。が、セシルは斬ってみせたのだ。

倒れた木を片手で持ち上げて宙に投げ――一閃。

木は綺麗《きれい》に切断され、一瞬で薪が出来上がった。それを綺麗に並べて置く。

テオにとって魔力の扱い方は向こうの世界でマスターしており、魔力量も訓練のお陰《かげ》もあり、前世と同じ程度になっていた。

このまま続けていれば、前世で帝王として君臨《くんりん》していた頃のテオを抜かすことは確実だった。

それどころか、実力も前世の比ではないほどに向上していることから、遥《はる》かに強くなっているといえた。

「まあそれでも、この力は表向きには隠しておくけど」

テオが力を隠す理由。

それは、この世界にどのような存在がいるかわからないから。

無暗に実力を曝《さら》け出してしまうと、良からぬ組織から狙われてもおかしくない。

これは前世である帝王として生きた時の経験則からくるもので、本当にそのような組織があるとは限らない。

まだ転生して間もないので、この世界にどのような闇があるか、まだ知られていない陰が存在するかもしれない。

それが自身に影響するならば、テオはこの世界の悪という悪を滅ぼし、君臨するつもりでいた。

「俺は俺の道を阻《はば》む者を決して許さない」

そのためには、この世界でも自身の配下となる仲間は必要だ。

「まずは仲間を集めることからか」

沈み始める夕日を見て、テオは薄《うっす》らと笑みを浮かべるのだった。

——誰もが寝静まった闇夜《やみよ》。

テオは黒の外装を身に纏《まと》い、夜の街を屋根伝いに移動していた。

足音も気配も消して移動していると、複数の魔力反応があった。その中でも一際大きな反応が一つ。

「なんだ?」

思わずそう呟いてしまうが見ないことにはわからない。

少し離れた場所に着き魔眼を発動する。

この魔眼は帝王として生きていた時に手に入れた、特殊な力を持つ目である。

こちらの世界でも同じく発現したのだ。テオが調べた限り、この世界に魔眼といった特殊な力がある目は確認されていない。

テオは魔眼を発動して確認すると、そこにはボロ布に身を包んだ人が複数人に暴行を加えられていた。

どうやら大きな魔力を感じ取ったのは、その叩《たた》かれている人物からだった。

蹴り飛ばされたことで被っていたフードが外れ、その者の素顔が露《あら》わになる。

白く長い髪に尖《とが》った耳――エルフである。

エルフは金髪と聞いていたテオは驚きで目を見開いた。

「おいおい、スラムのガキかと思ったらエルフのガキじゃねぇか」

表情に笑みが浮かんだ。

「エルフは高く売れる。売っちまうか」

「その前にこのエルフは女だぜ？　こっちは不快な思いをしたんだから少しは楽しませてもらわないとなぁ？」

「いいこと言うじゃねぇか」

下卑《げび》た視線が彼女を見下ろす。

少女の小さな呟きだが、テオの耳にはハッキリと聞こえた。

「だ、誰か、誰か助けて……」

少女の瞳から水滴が零《こぼ》れ落ちた。

男たちが彼女の白く美しい髪を掴《つか》もうとした時、その腕が宙を舞った。

「……は？　え？」

少女に触れようとして突然腕が飛んだことに驚く男たち。

そこへ腕が切断されたことで襲ってくる激痛と、遅れて流れ出す血液。

「う、うでがぁぁぁぁぁぁあ！　俺の腕がぁぁぁあ！」

直後、喚《わめ》き散らす男の首が飛んで崩れ落ち、地面に血の染みを広げた。

男たちは一瞬の出来事に脳の処理が追い付かない。

「な、何が起きて――」

男たちは口を噤んだ。

いや、強制的に閉ざされたのだ。

それは暗い路地の奥から聞こえる足音によって。

足音がコツ、コツと近づく。

次第に暗い路地の奥から姿が現れた。

――黒い。

見た誰もがそう思った。

それはエルフの少女も例外ではない。

黒い外装に身を包む男――テオは、低く深淵《しんえん》から発せられたかのような声色で男たちに問う。

「一人の少女を集団で痛め付けるのがそんなに楽しいか？」

「だ、誰だお前！」

「誰だっていいだろう。助けを呼ぶ声が聞こえただけだ」

「助けを呼ぶ声だぁ？　それよりもよくも俺の仲間を！」

恐怖で震えていた少女だったが、テオの「助けを呼ぶ声」と聞いて顔をそちらに向けた。

テオの素顔はフードに隠れていて見えない。

男たちは腰の剣を抜いて構えた。

「今更《いまさら》命乞いしても遅《おせ》せぇぞ！」

そう言って襲い掛かる男たちはテオを通り過ぎた……。

遅れて男たちの首が血飛沫《ちしぶき》を上げてズレ落ちた。

武器を仕舞ったテオはエルフの少女に歩み寄り声をかける。

「大丈夫か？」

先程とは違う優しい声色。

突然こちらに手をかざしたことでビクッと震える。さっきみたいに殴られると思ったのだ。

だが殴られるのではなく、少女の身体にできていた傷が徐々に癒《い》えていく。

「き、傷が、治って……!?」

驚き目を見開く少女は、慌てて答えた。

「は、はい。その、あなたは……？」

「……俺はテオだ」

一瞬偽名を名乗ろうとしたが、「まあ大丈夫か」と思い本名を告げた。

名前を告げた瞬間、目の前の少女はテオの前に跪《ひざまず》いた。

「テオ様、この度は助けていただきありがとうございます」

「ああ。俺はこれで」

その場を去ろうとするテオを少女が引き留めた。

「お待ちください！」

「まだ痛むか？　完治したと思ったが……」

「いえ、違います。その……どうして私を助けたのでしょうか？」

「助けを呼ぶ声を聞いてしまった手前、見捨てることはできない」

「そうですか。その、宜《よろ》しければ少しお時間を頂けますか？」

少し迷ったテオだったが、何があったかを聞いた方がいいと判断し、少女の話を聞くことにした。

場所を移動し、屋根の上に来た。

テオと少女が移動して少しして、騒ぎに気付いた兵が男たちの所に集まっていた。

それを尻目に少女の話を聞くことに。

「改めまして。この度は助けていただきありがとうございます」

頭を下げ、少しして顔を上げて続ける。

「私はエルフの国の里を追い出され、この国に流れつきました」

「まだ子供なのにか？」

「……はい」

俯《うつむ》く少女。原因として挙げられるのは一つ。

「その髪の色が原因か？」

なんでわかったのかと、驚く表情をする少女だったが、テオは続ける。

「エルフの髪は金髪と聞く。なのにお前の髪は白い。違うか？」

「……仰る通りです。私はこの髪のせいで忌《い》み子として追い出されました」

「そうか。そう言えば名前を聞いていなかったな」

少女は名乗ろうとしたが言葉を呑《の》んだ。

「前の名前はもう捨てました」

居住まいを正し、再び口を開いた。

「もしこの髪色がご不快でなければ、テオ様に仕えさせていただきたいと思います」

配下が必要だったテオには嬉しい提案だった。

「……いいのか？」

「はい。テオ様はこの髪を忌避《きひ》されていない様子。私はテオ様によって命を救われました。一生を尽くさせていただきたいのです」

テオは少女の目を見つめるが、その目は真剣そのものだった。

「わかった。お前を俺の配下として迎え入れよう」

「ありがとうございます。では配下となった暁《あかつき》に、名を頂ければ」

テオは先の少女の発言から、前の名前は要らないのだろうと察する。

それは彼女にとっての決断であり、新しく生きることへの決意でもあった。

テオはその意味を瞬時に理解する。

「わかった。ではお前に名をやろう。新たな名――『ヴァイス』だ」

「ヴァイス……ありがとうございます。この命、尽きるまで!!」

「ああ、働きを期待している」

テオはこの世界に来て初めて、配下となったエルフの少女、もといヴァイスの手を取るのだった。


——テオがヴァイスを仲間にして一年。

気付けば配下は六人に増えていた。

一人目がエルフの白髪紅眼が特徴の美女『ヴァイス』。

二人目が赤い髪が特徴の人間の美女『ルージュ』。

三人目が緑の髪を一本に結っている美青年の『グリューン』。

四人目が白髪碧眼《へきがん》の狼の獣人の美少女『イリス』。

五人目が金髪紅眼の人間の美少女『ティスラ』。

六人目が青髪紫眼の人間の美青年『エイデス』。

この六人は共に里を追い出された者や迫害を受けた者たち。

みんな秘めている魔力量は多い。

「テオ様、皆を招集しました」

ヴァイスの言葉に、テオは椅子に腰を掛けつつ跪く六名を見渡した。

「今回皆を集めたのはとあることを伝えたいからだ」

「とあることとは一体……？」

テオは自らが調べたことを話す。

「この世界に伝説、御伽噺《おとぎばなし》となっている物語があるのは知っているな？」

「はい」

ティスラが語る。

「遥か昔、一人の英雄が現れた邪神を倒し、世界を救ったという御伽噺ですね？」

「その通りだ」

「獣人にも同じく伝わっています」

「エルフも同様に。ですが、それがどうかされたのでしょうか？」

ヴァイスの言葉にテオは頷いた。

「この前の夜、俺は街外れの村まで行ったのだが、【ドグマ】を名乗る複数人の魔剣士が村の人たちを、『邪神復活の供物となるのだ』と言って虐殺《ぎゃくさつ》しているところに遭遇した。まあ一人だけ残して殺し、残った奴に話を聞こうとしたが、尋問《じんもん》する前に毒を飲み自殺した。そこで、だ。お前たちはその【ドグマ】について何か知らないか？」

その言葉に、エイデスが口を開いた。

「テオ様、私に心当たりが……」

「本当か？」

「はい」

「その、イリスもです」

イリスも同じようで、二人は説明する。

先にエイデスが話を始めた。

「私も以前に【ドグマ】を名乗る者らに遭遇しました。テオ様同様に、情報を吐かせようとしましたが毒で自殺を……」

「イリスも同じです」

　二人とも、テオと同様にドグマの連中と遭遇したらしい。毒で自殺するということは、情報統制が完璧という証拠でもある。用心深いと言えばよいのか。

「そうか」

　テオは顎に指を置いて考える。

「いかがなさいますか？」

　尋ねるヴァイスに、テオはすぐに答えを導き出した。

「——我らはドグマに対抗するしかない」

「では人員を集めた方が？」

「頼む。それと組織名がまだだったな。と、その前に話しておこう」

　テオの言葉に同意するように頷《うなず》く六人。

　そうしてテオは口を開く。

「ドグマという組織は表には出てきていないが、組織としての規模は大きいと予想している。それに邪神の復活は必ず阻止しなければならない最重要事項。だからこちらもドグマに対抗するため、ヴァイスの言う通り、配下となる人員を集めることにする。それをお前たちに行ってもらいたい。頼めるか？」

　六人は「勿論《もちろん》です」と頷いた。

「では頼んだ。さて、次に決めていなかった組織名だ」

ヴァイスたちはテオを注視する。

「名を――【ネグロヘイム】。そして心に刻《きざ》め」

テオは自身にも言い聞かせるようにして告げる。

「我らは悪でもなければ正義でもない。目的は邪神復活の阻止と――裏世界を統《す》べる陰の支配者。裏世界の秩序を我らの手で築き上げ、それらを乱す者は誰だろうと容赦《ようしゃ》はしない」

テオの低く奈落の底から響くような声に、ゾワッと肌を震わす六人の配下は、主であるテオの言葉を己の心に深く刻み込む。

「そしてこれからは俺のことは『ノワール』と呼べ」

一呼吸置いて口を開く。

「では最初の命令だ。新たな配下の確保とドグマについての情報及びアジトの所在を突き止めよ！」

「「ハッ！」」

こうしてネグロヘイムは動き始めるのだった。

――世界の命運を別ける戦いが今、幕を開けた。


さらに二年が経過し、テオは十四歳となり、姉セシルは十六歳、その妹エリナは十二歳となった。

年月が経つのは早いもので、テオはすでに、帝王の時の実力を遥かに超えていた。

配下であるヴァイスたち六人も、ネグロヘイム内で【六影】と呼ばれ、実力を大きく飛躍させていた。魔剣士としての実力はすでにこの世界の上位に食い込むほど。

ここ二年で配下は増加し、今では二百人ほどになっていた。

拠点はテオが探して見つけた遺跡に構え、そこで配下たちは暮らしている。誰にもバレることのない場所。

そんなネグロヘイムの構成員のほとんどが、酷《ひど》い扱いや迫害、ドグマによって家族を殺された者たちだった。

六影以外の配下の実力も高くなっている。

今ではネグロヘイムの構成員全てが、実力者の集まりであった。


ネグロヘイムは現在、ドグマに関する情報集めや資金集めに奔走《ほんそう》していた。

そんな中、テオはセシル、エリナと一緒に鍛錬に勤《いそ》しんでいた。

「姉さんにはいつになっても敵《かな》わないな」

テオが尻餅《しりもち》をつきながらそう告げると、セシルは呆《あき》れたように溜息《ためいき》を吐《つ》く。

「まだまだね。もっと剣の扱い方を学びなさい」

「わかってるよ……」

「お姉様、さすがに言い過ぎですよ！　お兄様だって頑張っておられるのに！」

「あら、今度はエリナが稽古《けいこ》を付けてほしいのかしら？」

「え？　えっと……そ、そういうわけでは――……」

笑みを浮かべるセシルを見て、エリナの表情が引き攣《つ》る。

「さあ、構えなさい。日々の訓練がどの程度身に付いたのか、私が見てあげるわ」

「う、うぅ～……」

エリナが助けを求める瞳でテオの方を見つめる。だがテオは――目を逸《そ》らした。

だって余計なことを言うと巻き込まれるから。

「あっ、お兄様⁉　折角庇《かば》ってさしあげたのに！」

テオは心の中でエリナを応援した。

しばらくして、セシルの前に転がっているエリナの姿があった。

「お兄様の、バカぁ……」

そう言い残してエリナは気絶した。

（我が妹よ、強く生きろ！）

心からそう願った。

そしてセシルの視線がテオに移る。物凄《ものすご》くニヤニヤしていらっしゃる。

嫌な予感がしたテオの頬から、ツーッと冷や汗が流れ落ちる。

「な、何かな、姉さん？」

「そろそろ回復したわよね？」

「す、少し疲れている、かな……？」

「少し、ね……さっさと剣を構えなさい！」

言うや否《いな》やテオに振るわれる木剣。

ギリギリで躱《かわ》した木剣が地面に、ボゴッという重い音を立てめり込んだ。

もし直撃していたらただでは済まなかっただろう。

「ね、姉さん……？」

「上手く避けたわね。それだけ動けるならできる、わよね？」

「ハ、ハイ」

こうして庭にはエリナの他にもう一人、泥だらけになって転がっているテオの姿があるのだった。

二章

とうとうテオも、セシルと同じ学園、王都ミッドガルズ魔剣学園に通うことになった。

テオは学園で普通を演じることにした。

学園に行く前の屋敷にて。

「お兄様、制服姿がとてもお似合いです!!」

「ありがとうエリナ」

頭を撫《な》でてやると、エリナは笑みを浮かべた。

「わかっているわよね、テオ?」

「な、何かな、姉さん?」

「クラウス家たるもの、決して恥を掻《か》くようなことはしないでよねってことよ」

「わかってる」

「……そう。ならいいわ。私は後から行くから」

「うん、じゃあ行ってくるよ」

そうしてテオは屋敷を出て学園に向かった。

途中でベンチに座ると、テオの背後に誰かが座った。

その人物にテオは話しかけた。

「何か情報は入ったか?」

「はい。テオ様」

テオの後ろに座る女性の名はヴァイス。

今は変装し一般人に溶け込んでいた。

テオと呼んだのは今は学生服を着ており、尚且《なおか》つ人目が多いからである。

「話せ」

「現在ドグマの拠点と思《おぼ》しき場所を一つ発見いたしました」

テオは無言で続きを促す。

「場所は王都近郊の森にある洞窟。どうやら研究施設のようです」

「そうか」

立ち上がろうとするテオに、ヴァイスはある物を下から差し出す。

受け取ったのは紙片だった。

「そこに詳細が」

テオがベンチを立ち上がりその場を去る。学園に向かいながら受け取った紙片に目を通す。

そこに書いてあったのは、研究施設で行われていることであった。

研究施設で行われているのは、『強化人間』の作製と『魔人』の制作であった。

魔人とは、かつて邪神に仕えていたとされる種族である。

魔力、身体能力のどれもがどの種族よりも秀でており、今の人間やエルフ、獣人には到底勝てない存在と言われている。

その御伽噺と言われていた存在の研究が、この王都のすぐ近くで行われていた。

「早急に潰《つぶ》した方が得策か」

テオが紙片を握り締め開くと、握られていた紙片は塵《ちり》となって消えていた。

そのまま誰にも見つからない木陰に移動したテオは、パチンッと指を鳴らす。

すると一人の人物が音もなく現れた。

「ご用は？」

「エイデスか」

「はい」

「早急にドグマの研究施設を詳しく調べ上げろ。今夜仕掛ける」

「はっ。では失礼します」

エイデスはその場から消える。

テオはそのあと何もなかったかのように学園に向かうのだった。


テオが学園に着き教室に入った。

席に着きしばらくして各々の自己紹介が始まった。何事もなくシンプルに済ませ、テオの担任が学園の説明に入ったが、それよりもテオには驚いたことがあった。

なんと、この学園の同じクラスにはこの国、レスティン王国の王女様がいたのだ。

綺麗なプラチナブロンドを腰まで伸ばし、空のように青く澄んだ瞳と、キメ細かい白い肌の美貌の持ち主。

名をアリスティア・フォン・レスティン。

王族のみ、名前と姓の間に『フォン』と入っている。

それ以外に『フォン』は入らない。貴族に姓はあるが平民にはない。

ちょっと驚いたことはあったが、テオは暇な時間を魔力制御で時間を潰すことに。

魔力制御は魔力量を上げるのと同様、緻密な魔法発動を行うのに必須のトレーニングなのだが、なんとこの世界の住人は知らないのだ。

教師の説明が終わると、テオたちは実技を行うために訓練場に移動した。

「ではこれより、お前たちがどの程度なのか、模擬戦《もぎせん》を行ってもらう」

その発言に数名の生徒から疑問の声が上がった。

「なんでそんなことやるんですか？」

「別にやらなくても」

「なら相手は先生とやるんですか？」

生徒の言葉に首を横に振って否定した。

「違う。やるのは生徒同士だ。それでは二人一組になってもらおう。身体強化と模擬剣の強化は使っていい。だが、正々堂々《せいせいどうどう》勝負するように」

「……え？」

テオは小さく、誰にも聞こえない程度の声色でそう呟いた。

だって他の生徒は顔見知りが多いみたいだが、テオは披露宴《ひろうえん》やパーティーなどに積極的には参加してこなかったので友達などいない。

所謂《いわゆる》、『ボッチ』というやつだ。

他のみんなが二人一組を組む中、必然的にはぶられる人が出てくる。

王女様である。

みんなが王女様相手に勝ってしまったら、と考えて遠退《とおの》いたのだ。

テオは内心面倒くさそうに、されど表面上は普通にしてアリスティアに声をかけた。

「あの、王女様……？」

ギロリと睨《にら》まれる。

そして睨んだまま何も言おうとしない王女、もといアリスティア。

つまりは続けろ、と。そう捉えたテオは尋ねた。

「もし組むお相手がいなければ、私と一緒にどうですか？　……てか、他にもう組む人いなさそうだし……」

テオはそう言って辺りを見渡す。

他の者はすでに組んだのか、何やら話しているのがわかる。

そしてチラチラと、テオとアリスティアを見て話していたが、どうでもよかったので知らないふりをする。

「ならお願いするわ」

「ありがとうございます」

担任が生徒が二人一組を組んだことを確認して頷いた。

「よし。ではこれより始めてもらおう。最初は～……」

周囲を見渡し誰にしようか迷っており、生徒たちは少し緊張しているようにも見える。

担任の視線がテオとアリスティアに向いたのがわかった。

「アリスティアとテオのペアにやってもらおう」

「……わかりました」

「はい」

テオとアリスティアが返事を返し、生徒たちは最初に指名されなかったことに安堵《あんど》していた。

（まあ、緊張はするよな）

そう思いながらも、テオとアリスティアの二名は模擬剣を構え向かい合った。

テオは同学年の人がどの程度できるか知らないため、どの程度の力加減でやろうか考え、目の前のアリスティアの実力を見る。

（構え方も綺麗だ。相当練習したんだろうな。まあ、王女より少し弱くやればいい感じか。あまり目立っても仕方がない）

「では――始めっ！」

合図が下されたのと同時、アリスティアが身体と剣を両方強化させ一気に間合いを詰めてきた。

「はぁぁあ！」

テオからすれば、とてもゆっくりで遅い攻撃。

待っている間にも欠伸《あくび》が出そうになってしまう。

どうしようか考える。

表情は少し焦った感じにして、なんとか捌《さば》くことができた感じにする。

同時に剣を振るい、キンッという小気味良い音が鳴り響き攻撃を防いだ。

距離を取ったアリスティアが口を開いた。

「よく反応できたわね」

「たまたまだよ。それにしても凄く速かった」

「……そう。ありがとう」

そのまま接近され、ギリギリで避けたり捌いたりと続き、最後にテオの剣が弾《はじ》き飛ばされ首筋にアリスティアの剣が突き付けられた。

「……降参です」

テオは両手を上げて降参する。

「終わりだ。二人ともよくやった。テオに関してはよくアリスティアの剣を捌けたな」

「ははっ、まぐれですよ。にしてもアリスティア様の剣は凄かったですね」

「これくらい普通よ。姉様に比べたらね」

アリスティアは生徒たちがいる方に戻っていった。

テオも慌てるようにして戻る。

他の生徒の模擬戦を観戦していると、隣に座っていたアリスティアが声をかけてきた。

「ちょっといいかしら?」

まさか声をかけられると思っていなかったので、内心驚きつつもそちらを振り向いた。

「何か用ですか?」

「あなたの名前。それに敬語じゃなくていいわ。同じクラスメイトじゃない」

「わかったよ。それで俺の名前?」

「そう言ってるじゃない」

教室で自己紹介をしたし、さっきも担任が名前を言っていた気もするが、覚えていないとは……と内心思うも声には出さない。

「テオ・オスクルだ」

「そう。あなたがセシルの言っていた弟なのね」

ここで姉の名前が出てくるとは思っていなかったテオは、素で驚いた表情になる。

「え？　姉さんを知っているの？」

「ええ。パーティーで会ってから少し話すようになって、そこから一緒に訓練するようになったの」

「へぇ～そんなことが……にしてもなんで俺の名前を？」

そこが疑問だったが、アリスティアは素直に答えてくれた。

「一緒に訓練するようになった時に言っていたのよ」

「姉さんが俺のことを？　なんて言ってた？」

「筋はいいのにまったく成長しないって」

テオが実力を隠しているのだから当然と言えば当然だ。

あえて成長してないように見せているのだから。

「手厳しいね」

「でも評価はしていたわ」

「そうなの？」

「ええ。魔力の扱いに関しては弟から学んだって」

「そうなんだ。姉さんに比べればまだまだだと思うけどね」

「そう。でも私はあなたと模擬戦をしてわかったわ。今後強くなるって」

「ありがとう。期待に応えられるように俺も頑張るよ」

それからしばらく雑談し授業が終わるのだった。

皆が寝静まった夜、テオの元へ六人の人影が何処《どこ》からともなく現れた。

身に纏うのは黒の衣装。

ネグロヘイムの最高幹部にして最古参の魔剣士、【六影】である。

その中の一人、白い髪を揺らしながら一歩前に歩み出る人物、ヴァイスだ。

「ノワール様、準備が整っております」

椅子の肘掛けに肘を掛け、足を組み頬杖を突いているテオ、もといノワール。

「……そうか」

呟き立ち上がったノワールの姿が黒い魔力に包まれたかと思うと、先程まで制服だった衣服が黒いロングコートにフードといった姿に変わっていた。

「──さあ、今宵《こよい》の宴《うたげ》を始めるとしよう」

不敵な笑みを浮かべるその姿は、まさしく帝王そのもの。

「「「「「「御意《ぎょい》」」」」」」

そしてノワールの言葉にヴァイスたちも不敵な笑みを浮かべ、部屋から消え去るのだった。

◇◇◇

——とある洞窟。

そこには武装した魔剣士や研究者らがいた。

「今回も失敗か」

白衣に身を包んだ男は、被験体を見ながらそう呟いた。

被験体は絶叫し、その筋肉は肥大し、体躯《たいく》も人間の二倍ほどの大きさはある怪物だった。

「次は投与を多くしてみますか？」

一人の部下が提案する。

「そうだな。次は投与する量を増やす。薬を持ってこい」

「了解です、アイク様」

叫ぶ被験体を見ながら、アイクと呼ばれた研究者はポツリ呟いた。

「この研究が成功し私が認められれば、【ナンバーズ】として迎えると確約してくれたのだ。絶対に成功させなければ」

部下を待つが、いつまで経っても戻ってこない。

いくらなんでも遅すぎる。

何かあったのかと思い歩き出そうとしたその時、ゆっくりと扉が開いた。

「遅いではないか！　何をして——誰だ！」

アイクは入ってきた黒衣の人物を見て叫ぶが、自身を落ち着かせ再び尋ねた。

「……何者だ？　それにどうやって侵入した？」

それは深淵の底から響くような、とても低い声色だった。

「――我が名はノワール」

その言葉に、アイクは笑う。

それは、ノワールという名前を聞いたことがなかったから。

「ノワール？　聞いたことがない。国の暗部の人間か？」

アイクは聞いたこともない名を馬鹿にするように笑う。

「まあいい。そろそろここにいる魔剣士も来る頃だ。君一人ではお終《しま》いだ」

アイクの言葉に、ノワールは笑い出した。

「何が可笑《おか》しい？　君はこの状況がわかっていないのか？」

「それはこちらのセリフだ」

「なに……？」

「逆に問おう。どうやってここまで侵入できたと思っている？」

その言葉で察したアイクの表情が変わる。

「――まさか！」

そこへノワールの背後から複数の足音が近づいてきた。

姿を現したのは、同じく黒衣に身を包んだ魔剣士たちだった。

手に持つ剣は血塗られている。

「ノワール様、洞窟内の敵を一掃いたしました」

ヴァイスが報告をする。

「よくやった」

そこにグリューンがノワールに尋ねる。

「ノワール様、コイツは？」

「この施設の研究者だ」

「なるほど。ではこいつがこの研究室を任されているアイクですか」

自身の名前がバレていたことに焦ったのか、アイクが剣を手に取り構えた。

「そうさ、私がアイクだ」

「ドグマの構成員の一人だな」

アイクはドグマと聞いて眉を動かす。

「何処でその名前を聞いた？」

「何処かって？　私たちの情報網を舐《な》めてもらっては困るわ」

「やはり国の者だったか」

「国？　違うわね」

「……何？　国の者ではないだと？　ならなんだというのだ！」

「我らはネグロヘイム。闇を纏い、陰を統《す》べる者」

「ネグロヘイム？　聞いたことがない名だ」

「それもそうだ。我らも貴様らも、表世界には姿は現さない」

「ふん。自分たちが陰で国を守るヒーローか何かと勘違いしているのかな？　生憎《あいにく》、そんな妄想はここに入った時点でもう遅い！」

アイクが片方の手に持ったボタンを押した。

すると、アイクの背後の壁が崩れ去り、奥からは醜く変容した人間が十体、現れた。

現れたのはどれも醜い人の姿をした何か。

身長は二メートルほどあり、手には何も持っていない。

「どこからこれだけの人間を？」

「ふん。調べたのだから知っているだろう？」

「村を襲ったのだろう」

「正解だ」

「悪趣味な」

「悪趣味とはなんだ。これは成果の一つ。普通の人間よりもパワーに反応速度、俊敏力がある。この数を貴様らに倒せるかな？」

ノワールは配下に告げる。

「こいつらを楽にしてやれ」

六影たちは静かに剣を構えた。

「侵入者を蹴散らせ！」

化け物も命令には逆らえず、ノワールたちを襲い出した。が、決着は一瞬。

化け物たちは何かをする間もなく一刀両断され、あっけなく倒された。

戦闘時間は数秒も経っていない。

「な、何が起きて……」

動揺するアイクだが、まだ使っていないモノがあった。

「こうなったら次の試作品であるアレを使うしかない」

アイクは懐から何かを取り出し、そのまま自身の首筋に打ち込んだ。

中の赤い液体が注入されていく。

そしてアイクの手から注射器のようなモノが地面に落ち、パリンッと音を立てて割れた。

直後、アイクに異変が起きた。

「ガ、ガァァァァァ!?」

悲鳴のような叫び声が聞こえ、筋肉が肥大化していく。

しばらくして治まったそこにいたのは、巨体になったアイクだった。アイクは落ちた剣を拾い口を開いた。

「ふ、フハハハハ！　どうやら強化人間が成功したようだな。これで貴様らを殺すことができる！」

間合いを詰め、剣を振るうアイクだが、キンッとあっけなく弾かれた。

続けて攻撃するも、全ての攻撃をいとも容易《たやす》く弾き返す。

「な、何故だ！　人間のお前に強化人間となったこの私の攻撃が何故、何故通用しない！　これでもドグマの中では強いはずだ！」

「それがお前の限界だ。薬という力に頼った時点で、お前は負けている」

アイクはグヌヌッと声を漏らす。

「わかっているのか。貴様らが幹部に最も近い私を殺せば、ドグマは黙っていない。組織の敵となる貴様らを潰すため動くだろう」

　アイクは続ける。

「この世界の覇権《はけん》は我らドグマが握っていると言っても過言ではない。果たして、貴様らに抗《あらが》えるか？　このドグマという強大な組織に！」

「――ならば抗ってみせよう」

「……正義の味方にでもなったつもりか？」

　アイクの言葉にノワールはただ一言、「くだらない」と呟いた。

　そして一閃。

　アイクの首が地に落ちた。

「――我らの突き進む道に、正義も悪も必要ない。我らはただ、我らの成すことをするのみ」

　そう言い残し、ノワールたちネグロヘイムは研究施設を破壊し後にするのだった。


　テオが学園に向かう途中、兵士たちの会話が耳に入ってきた。

「聞いたか？　昨夜すぐ近くの洞窟が崩壊したって話」

「なんだそれ？　初耳だな」

「なんでも裏の組織の潰し合いだったらしい」

「マジかよ。てか、お前どこでその情報を仕入れてきたんだ？」

「上層部が話しているところを聞いちまったんだよ。その争った二つの組織は名前がわかってない

「らしい」

「物騒な世の中だな」

「だな。関わらないのが一番だ」

兵士はそう言ってテオの横を通り過ぎていく。

（昨夜のことが国の上層部の耳に入ったか。思ったより早いな。バレないとは思っていなかったが……洞窟を崩壊させたのは正しかったか。少しこの国の情報が欲しいところだ)

そこでテオは人目につかない場所に移動し指を鳴らした。

「ご用件は？」

現れたのは組織の者で、六影ではない。声からして女だ。

「昨夜の件が国の上層部に伝わるのが早すぎる。この国の貴族の中にドグマと関わりのある者がいるはずだ。他にもどんな情報でもいい、探れ」

「御意」

配下は姿を消した。

テオは何事もなかったかのようにそのまま学園に向かった。

教室に入り席に着くと、アリスティアが声をかけてきた。

「おはようテオ」

「ああ、おはようアリスティア」

「……アリスでいいわ」

「え？」

「だからアリスって呼んで。セシルの弟なんだから別に構わないわ」

「そう？　ならアリスと呼ばせてもらうよ」

「え、ええ……」

少しアリスの頬が赤くなったように見えたが、テオは気付かなかった。

少しして他の女子や男子がアリスティアに挨拶をする。

「おはようございます、アリスティア様。今日も麗《うるわ》しい」

「おはよう」

事務的な挨拶になっているが、テオは気にしない。

授業が始まる直前、テオに声をかけてくる男がいた。

「なあテオ、でいいんだよな？」

「ん？」

顔を上げると、そこにいたのは赤い短髪に赤い瞳を持つ男だった。

テオは自己紹介なんてほとんど聞いていなかったので、クラスメイトの名前は覚えていない。

「……誰だっけ？」

「まだ始まって間もないし覚えていなくても当然か」

男はそう言って笑みを浮かべ自己紹介した。

「俺はヴェルメリオ・スカラート。スカラート伯爵家の三男だ。気安くヴェルって呼んでくれ」

「テオ・オスクルだ。オスクル子爵家の長男だ。俺のこともテオでいいよ。よろしくヴェル」

ヴェルメリオはテオの差し出された手を握り返した。

「ああ、こちらこそよろしく頼むよ」

そこに丁度担任が入ってきた。

「じゃあまた後で話そうか」

「ああ」

昼休みとなり、テオの元にヴェルメリオがやってきた。

隣には女一人と男一人が並んでいた。

「ヴェル、その二人は？」

「テオに紹介しようと思ってね」

「初めまして！　パルメル男爵家の次女、リーリア・パルメルです」

ピンク色のボブカットでピンクの瞳をした美少女だ。

見た目には優しい感じの印象を受ける。

「テオ・オスクルだ。家は子爵。俺のことはテオでいいよ。よろしくリーリア」

「よろしく。テオくん」

次にもう一人。

「俺はハント・グリュック。グリュック子爵家の長男だ」

「テオだ。よろしくハント」

テオたちは握手を交わす。

一緒に食堂に行くことになったのだが、テオは背後からの視線が気になりそちらを振り向いた。

「どうしたアリス？」

「別になんでもないわ」

「……そう？　これから一緒に食堂に行くけど一緒にどう？　みんなもいいよね？」

「大歓迎だよ。食事はみんなの方が美味《おい》しいからね。アリスティア様も是非」

ヴエルメリオの言葉に乗り、テオも「どう？」と聞くとアリスティアは頷いた。

「なら同席させてもらうわ」

「「喜んで！」」

テオたちはそのまま学園の食堂で食事を楽しんでいた。

テオが通うこの学園、王都ミッドガルズ魔剣学園は貴族たちの学園だ。

下は男爵から上は王家まで。

魔剣士としての才能がある者たちがこの学園に入学していた。

同時に、食堂でもその食事の階級は分かれていた。

第二王女であるアリスティアの食事を見たヴェルメリオが口を開いた。

「アリスティア様の食べているそれって、もしかしてファーストクラスの……」

「そうよ。こんなにも食べれないけど、王族が一番上のメニューを頼まなければ周りに示しがつかないって言われてね……困っちゃうわ」

「それは仕方がないですね。でも羨《うらや》ましいですよ。なあテオ？」

ヴェルメリオがテオに同意を求める。

「ん？　そうだね。アリスが食べているその肉も、最高級の肉の部位だ。相当美味しいだろうね」

「あら、そんなに羨ましいならテオが代わりに食べる？　私はテオが食べている量で問題ないから」

アリスティアがそう言って笑みを浮かべていた。

「遠慮しておくよ。舌はそこまで肥えなくていいから」

「あら残念」

まったく残念そうにしていないアリスティアだったが、そこにリーリアが割って入ってくる。

「え、ならアリスティア様、それ少し頂いてもいいですか？」

「いいわよ。どうせ残ってしまうから」

「ありがとうございます！」

リーリアはアリスティアから色々な料理を貰《もら》っていき、それは次々と口の中へと吸い込まれていく。

その様子をテオたちは唖然《あぜん》として見ていた。

テオはある疑問があり、リーリアに尋ねた。

「なあリーリア。その量は一体どこに入ってるんだ？」

「……ん？　どこって、それはここだよ？」

リーリアは自分のお腹《なか》を指差す。

「マジかよ……」

ヴェルメリオが呟いた言葉は、その場の誰もが思っていることであった。

リーリアが食べた量は軽く三人前はある。

「あれ？　みんなどうかしたの？」

リーリアの頭には疑問符が浮かんでいたのだった。

授業も終わり、テオが帰ろうとしたところで声がかけられた。

「待ちなさい、テオ」

立ち止まり振り返ると、そこにはアリスティアの姿が。

「どうかした？」

「この後時間あるかしら？」

すでにヴェルメリオたちは先に帰っており、今はテオ一人だけ。

テオはこの後やることが何もない。

「空いてるけど？」

「なら私に付き合ってちょうだい」

アリスティアの後に従い学園の訓練場に赴いた。

「今日の授業じゃ少し物足りなくてね」

「そうなんだ。でも俺より強い人はまだいるけど？」

「…………」

アリスティアが訝《いぶか》しげな視線を送る。

「どうかした？」

「テオ、本気でやりなさい」

「本気？　俺はいつも全力でやってるよ」

「そうは見えない。だっていつも実技授業が終わった後は疲れた様子もなく、平然としているもの」

どうやらアリスティアにはそこが疑問に思われたようだった。

（やらかしたか。もう少し疲れたように見せとけばよかったな）

今思ってももう遅い。

「ハハッ、そりゃあ姉さんに毎日シゴかれているからね。技術よりも体力だけは人一倍付いたよ」

笑うテオに、アリスティアは「そう。ならこのまま少し相手して」と言われたので、テオはしばらくの間付き合うのだった。

数日後の夜。

セシルがテオに聞いてきた。

「テオ、最近アリス様と仲がいいらしいわね？」

「何処でそれを聞いたの？」

「何処って、アリス様から聞いているでしょ？」

「ああ、そういうことか。アリスが姉さんと一緒に訓練しているって」

「そういうこと」

テオの妹であるエリナが会話を聞いて交ざってきた。

「お兄様、アリスティア様と仲がよろしいのですか？」

「ああ、アリスとは同じクラスだからね」

「お兄様と同じクラスだなんて羨ましいです！」

「エリナが学園に入学する頃には俺はもう三年生だな」

「一緒に学園生活を楽しみたかったです……」

テオがシュンとするエリナの頭を撫でると、ふにゃっとだらしない表情になる。

「何よエリナ。私と一緒じゃ嫌なの？」

「だってお姉様は厳しいですから。それに比べてお兄様はとっても優しいので大好きです！」

エリナはテオにギュッと抱きつく。

テオがセシルの方を見ると、眉がピクピクと動いていた。

「ほらエリナ、お姉ちゃんにもギュッてしてもいいのよ？」

両手を開いて「ほらおいで～」とするセシルだったが、肝心のエリナは姉よりも兄であるテオの方が良かったようだ。

一度顔を向けるも、すぐにテオの胸に顔を埋《うず》めて幸せそうにする。

「……なんかごめん、姉さん」

「そ、そんな哀れんだ目で私を見るな～～っ！」

セシルはそう言って自室に走り去ってしまった。

「ほらエリナ、後で姉さんの所に行って甘えてきな……じゃないと後で俺が姉さんのストレス発散に付き合う羽目になる」

「わ、わかりました」

それからセシルの所に行ったエリナだったが、数時間放してもらうことはなかったのだった。


皆が寝静まった夜。

テオの元にヴァイスがやってきた。

「テオ様、よろしいでしょうか？」

「どうした？」

「ドグマが第二王女である、アリスティアを狙っている可能性がございます」

「……本当か？」

「はい。我々がドグマのアジトを襲撃した際、押収した資料にて判明いたしました」

「連中が何故アリスを狙っているかわかるか？」

「それが──……」

ヴァイスはアリスティアが狙われている理由を話す。

「狙っているのはアリスティア様の『血』のようです」

「血？」

「王族の血には、かつて邪神と戦ったとされる英雄の血が流れています。それを使って邪神復活の研究をしようと企んでいるのかと」

「そうか……」

顎に手を置き考えるもすぐに結論が出る。

そしてヴァイスに命令を下す。

「手の空いている者でアリスの監視だ。必ず二名は付けろ」

「はっ！」

ヴァイスはまだ立ち去らない。

「どうした？」

「いえ、なんでもありません」

「何かあったか？」

テオの言葉にヴァイスは顔を上げ尋ねた。

「その、学園は楽しいでしょうか？」

「そうだな。割と退屈はしない、良い所だ」

「それは何よりです」

「それだけか？」

「はい。個人的に気になっていましたので。では私はこれにて失礼します」

そうしてヴァイスは闇に溶けるかのように姿を消すのだった。


――翌日。

学園に向かったテオだが、その隣には姉であるセシルの姿があった。

普通に家を出たテオであったが、後ろを付いてきたのだ。

「姉さん」

「何、テオ？」

「どうして俺と一緒に？」

いつもなら一人で先に行っている。

そんなセシルが珍しくテオと一緒に登校していたのだ。

「別に。今日は何もないからゆっくり行きたかっただけ。何か問題でもあるわけ？」

「そんなことないよ。でもさ……」

テオは周囲に視線を向けた。

周りには学園も近いこともあり、同じ制服を着ている生徒の姿がある。

そんな生徒たちから聞こえる会話の内容は……

「見て、セシル様よ」

「ほんとだわ」

「三年生にして名だたる先輩たちを下し、さらには座学や実技など全ての部門で主席を収めている凄い人よね」

「憧れだわ……」

羨望《せんぼう》の眼差《まなざ》しがセシルに向けられていた。

他にも男子生徒の会話が聞こえてくる。

「見ろ、セシルさんだ」

「美人なうえに強いって、憧れるな」

「だよな。でもセシルさんの隣を歩いている奴って……」

「知ってる。秀才な姉と妹に比べて平凡だって。強い魔剣士を輩出してきた家系なのに、長男があれじゃあなぁ」

会話の通り、テオはいつもセシルと比べられているのだ。

「気にしないの。テオは私の可愛い弟でもあってエリナの兄なのよ。それに長男なんだからもっとシャキッとしなさい。私が恥ずかしいじゃない」

「ご、ごめん姉さん」

心が強い姉を持ったと、テオは思った。

実のところ、テオはまったく周りの目を気にしてはいない。

寧《むし》ろ自分の実力がバレていないことがわかり、一安心でもあった。

セシルと別れたテオは教室に入った。

「おはようテオ」

「おはようヴェル、リーリア、ハント」

席に着いたテオに、リーリアが尋ねてきた。

「今朝、一緒に歩いていたのって、もしかしてセシルさん？」

「そうだよ」

「やっぱり」

「姉さんがどうかしたの？」

「……姉さん？」

リーリアにヴェルメリオ、ハントが頭に疑問符を浮かべている。

「あれ？　話してなかったっけ？　俺の姉だよ。家名だってオスクルだろ？」

「た、確かに。現学園の首席がまさかテオくんのお姉さんだったなんて」

「驚いたな。なあハント？」

「ほんとだよ。まさかテオの姉だったとは」

リーリアにヴェルメリオ、ハントはそう言って笑い合っていた。

そこにアリスティアが教室に入ってきた。

「おはようアリス」

「おはようテオ。何を話していたの？」

「ああ、姉さんのことだ」

「セシルさん？　どうして？」

リーリアが説明する。

「朝テオくんの隣でセシル先輩が歩いていたのが気になっていて、そしたらお姉さんだって聞いて」

「家名が同じオスクルなんだから気付きなさいよ」

「えへへっ」

リーリアは苦笑いを浮かべ、アリスティアもクスッと笑うのだった。

三章

「喜べお前ら。来月は学園魔剣大会が開かれる」

教室に入って早々、担任の開口一番の言葉がそれだった。

確かにこの王都ミッドガルズ魔剣学園では、毎年大会が開かれている。

テオの姉であるセシルは、この大会を連覇しており王国の騎士団からも注目を浴びている。卒業後はアリスティアの姉である、【剣聖】とも名高いフェリシア・フォン・レスティンが団長を務める騎士団に入団予定となっていたりする。

担任の言葉を聞いたクラスメイトたちから「えぇ～」と嫌な声が聞こえる。

（俺は不参加だな）

そう思っていたテオだったが。

「尚、この大会は全員が強制参加だ。逃げるなよ……？」

さらには担任の追撃となる言葉が放たれた。

「それと今回の大会で成績の悪い奴は一週間、朝から放課後までランニングとする」

顔を青くする人が続出する。

ヴェルメリオやリーリア、ハントも同様に顔を青くしていた。

その中で唯一、アリスティアだけが平然としていた。

「アリスは嫌な顔しないんだな」

「当たり前じゃない。こう見えても強いから。それにテオだって平然としているじゃない」

「俺は違う。覚悟ができているだけだ」

アリスティアのジト目がテオに向けられる。

「……少しは頑張りなさいよ」

「俺なりに頑張るさ」

（上手に負けるようにだが……まあ別に成績が悪くてもランニング程度どうってことないが）

アリスティアは「そう。精々《せいぜい》最下位にはならないことね」と言って向き直ってしまった。

少しして担任が大会のルールや開催日などを説明していく。

開催は今日から一ヵ月月後。

それまでは各自自習ということになった。

自習ということで喜ぶ生徒がいる中、担任はこう告げた。

「わかっているだろうな？　成績が悪ければランニングだってことを」

ビクッと全員が震え、「はい！」と大きく返事をするのだった。

それから一週間が過ぎた。

その間、ドグマがアリスティアを狙う動きは見られなかった。

狙うにしても遅すぎる気がしてならない。

その日の晩、テオは六影の一人、グリューンを呼び出した。

グリューンは六影——いや。ネグロヘイムで髄一《ずいいち》の頭脳派だ。

「お呼びでしょうか」

「よく来た。忙しいのにすまない」

「何を仰いますか。テオ様のお呼びとなれば、我々はすぐにでも駆け付けます」

グリューンはそう言って跪いた。

「今回お前を呼んだのは、ドグマの動きに関してだ」

「と、仰いますと。アリスティア様のことでしょうか？」

「そうだ。連中、アリスを襲うにしても遅すぎる気がする」

「私も疑問に思いましたので、王城にメイドとして潜入している部下を呼び出し、情報が漏れたのか問い質《ただ》しました」

「情報は漏れていない、か」

「はっ、仰る通りです」

テオは無言となり思考を巡らせる。

考えられることは幾つもあるが、ドグマにとってまだ時期ではないということになる。

無言となったテオにグリューンは冷や汗を流す。

ドグマに関する情報不足に怒ったのではないか？　そう思い込んでいたグリューン。

「申し訳ございません。我々の情報不足です。この失態、どう償ってよいか……」

「それは気にしていない。お前たちはよくやってくれている」

「勿体《もったい》なきお言葉です」

「それと現状はこのままアリスの監視を続行せよ」

「御意に」

「他に何か報告はあるか？」

「では私から一点」

グリューンは口を開く。

「以前、テオ様から頂きました資金を基に、ネグロヘイムは商会を設立いたしました」

「商会か。俺は聞いていないが？」

語気を強めグリューンを問い質す。

グリューンの額から冷や汗が流れ落ちる。

「知らないか？」

「……何を、でしょうか？」

「『報告』『連絡』『相談』の三つだ」

「ぞ、存じております」

「ならば何故すぐに報告しない？」

「も、申し訳ございません。その時はまだ小さい商会故、恥ずかしく報告ができないでいました」

「その時は？」

グリューンの過去形の言葉に疑問を抱く。

「はい。商会の名は『シュトルツ商会』」

「ん？　シュトルツ商会？」

テオは聞いたことのある名前に思わずそう聞き返してしまった。

シュトルツ商会と言えば、ここ三ヵ月の間に大きくなった新興商会である。

テオだって知っていた。

その商会は店員、商品全ての質が良く、さらには独自に開発したというお菓子や家具が人気だ。できたばかりだと言うのに、すでに大商会へと上り詰めていた。

「そうか」

「申し訳ございませんでした」

「よい。よくここまで大きくしてくれた。お前の手腕によるものだろう？」

「みんながいたからできたことです。ですがテオ様から教えていただいた知識などを基に開発した商品がほとんどです。全てはテオ様あってのものかと」

「そうか。だが、俺は何もしていない。これはグリューンたちの努力の賜物だ」

「ありがたきお言葉です。他にも新しく酒場を始め、そこで情報などを収集しております」

「酒場か。良い所に目を付けた」

「はい。酔った相手ほど、重要な情報を話しますからね」

「さすがだなグリューン」

「勿体なきお言葉ありがとうございます」

「では引き続き頼んだ。配下たちにも報告や連絡といった情報を共有するようにしろ。どんな些細《ささい》な情報でも構わない。いいな？」

「御意に」

テオはそう告げ、グリューンはその場から消えていた。

テオが学園に着いて少し、挨拶をしてくる人物がいた。

その人物はというと……

「おはようテオ」

「おはようヴェル」

ヴェルメリオである。

「今日の放課後暇か？」

「暇だけど、どうした？」

「実は――」

ヴェルメリオが話そうとしたところで、割って入ってくる人がいた。

「テオくん、今日一緒にシュトルツ商会に行かない？」

「リーリア、それは今俺が言おうとしたことだぞ！　先に言うんじゃねぇ！」

「別にいいじゃん。ハントもそう思うでしょ？」

「目的が同じなら変わらないと思うけどね」

「シュトルツ商会に？」

「そう！　今日新作のお菓子が発売するんだって！」

「へ～、そうなのか……気になるし行ってみるか」

「やったぁ！」

リーリアはジャンプして喜ぶ。

そこに丁度教室に到着したアリスティアが声をかけてくる。

「おはようみんな。何を話していたの？　お菓子がどうとか聞こえてきたけど？」

アリスティアはお菓子と聞いて興味があった。

リーリアが先程話していた内容をアリスティアに伝える。

「あら、シュトルツ商会に？」

「アリスさんも一緒にどうかな？」

少し悩む素振りを見せるアリスティアだったが、リーリアの「新作のお菓子が今日発売されるんだよ！」という発言を聞き即答した。

「私も同行させてもらうわ！」

（新作のお菓子に釣られたか……）

実はシュトルツ商会のお菓子が、王城や貴族の間で人気が高いということをテオは知らなかった。

そんなこんなで大会まで授業は自主練となり、テオとアリスティア、ヴェルメリオにリーリア、ハントを加えた四人で交代で組手をしてその日は終わった。


——放課後。

テオたち四人はシュトルツ商会がある通りに来ていた。

「人が多いな」

テオの言う通り、通りにはいつもの倍近い人が歩いていた。

いや、正しくはシュトルツ商会に向かっていたのだ。

新作のお菓子が発売されるということで、王都の人々は長蛇の列に並んでいた。

「もうあんなに並んでいるよ！　早く行かなきゃ！」

駆けだすリーリアに、テオたちも小走りで向かって列に並ぶ。

(今日は俺がアリスを王城まで送っていくか)

「新作のお菓子、売り切れていたらどうしようかしら？」

アリスティアは新作のお菓子が食べたいのだ。

アリスティアもすでに、シュトルツ商会のお菓子の虜《とりこ》になっていたのである。

「きっと買えますよ！」

「リーリア……そうね。きっと買えるわよね！」

アリスティアが両手を握り締め、自身を励ます。

こんな一面もあるのかと思いながらも、テオたちはひたすら順番を待つのだった。

しばらくしてテオたちの順番が回ってきて、シュトルツ商会の店内に入った。

店内は広々としており、多くの客が出入りを繰り返している。

その人たちは目的のお菓子が買えたことに満足したのか、笑みを浮かべながら店を後にしていく。

テオはその光景を目で追う。

(グリューンの言う通り、上手くやっているようだ)

テオ以外のアリスティア、ヴェルメリオ、リーリア、ハントの四名は様々な品を手に取っていた。

四人が手に持つ商品を見たテオだったが、その全てがお菓子だったのだ。

「四人とも、そんなに買うのか？」

「なんだテオ、そう言うお前は何も買わないのか？」

ヴェルメリオは何も持っていないテオを見て尋ねた。

「いや、何を買うか迷っているだけだ。新商品のお菓子だけでいいかなと思っているけど」

そう言って積んである新商品のお菓子を一つ手に取った。

「それだけ？」

一つしか手に持たないテオを見てアリスティアがつまらなそうに言ってきた。

そう言うアリスティアの両手にはたくさんのお菓子が抱えられていた。

そんなに食べるのか、とテオは思うが声には出さない。

だってそれはこの店内にいるほとんどの客が、両手いっぱいに商品を抱えているからである。

一つしか買う予定のないテオは周りから少し浮いていた。

「俺は先に会計を済ませるから、みんなはゆっくり見ていてくれ」

テオの言葉に四人は各々《おのおの》返事を返し、広い店内を再び歩き回りに行った。

テオが会計をする時、美人な店員が声をかけてくる。

「お客様、少々お時間よろしいでしょうか？」

(なんの用だ？　俺の顔は配下なら知っているはずだ)

テオは「大丈夫だ」と告げると、店員は「ありがとうございます。ではこちらへどうぞ」と誘導する。

そのまま後に従い店の奥に入る。

客はなんだなんだと言っていたが、他の店員が「ランダムでアンケートをやっていただいております。今のお客様で最後となります」と客に向けて言い放った。

テオが行く際、アリスティアたちと目が合ったので「少し行ってくる」と告げ奥に消えていった。

店の奥に行き、移動の最中にテオは店員に尋ねる。

「どこに向かっている？」

「テオ様、申し訳ございませんがまだ秘密です」

「ほう……？」

鋭い視線を店員いや、配下に向けた。

感じる視線に冷や汗を流す配下の女性だが、これはサプライズなので口が裂けても言えなかった。

配下の女は心の中で必死に主人であるテオに謝る。

「まあいいか」

背中に突き刺さる視線が和らいだことに安堵する。

少しして目的の場所であった、両開きの扉の前に立ち止まった。

扉の両脇にはメイドが控えており、道案内をした配下はテオの後ろに下がる。

メイドによって扉が開かれた。

ゆっくりと開かれた扉の先には玉座が。

そしてそこへ続くように真紅のカーペットが一本、玉座に伸びていた。

カーペットの両脇には六影の面々が、テオが姿を現したことにより跪き首を垂れていた。

「ほう……」

テオは思わず感嘆の声を漏らす。

そこに跪き首を下げていたヴァイスが顔を上げ、説明のため口を開いた。

「これは我々からの、ノワール様へ感謝を込めてのサプライズです」

「そういうことか」

テオはそのままゆっくりとカーペットを進み玉座に腰を掛けた。

「面を上げ、楽にしろ」

テオの一言にで六影は顔を上げる。

「お前たちの気持ち、嬉しく思う」

「「勿体なきお言葉です」」

笑みを浮かべ六人が同時に頭を下げた。

「ノワール様に喜んでいただき嬉しく思います」

ルージュの言葉にテオは頷いた。

「感謝しよう。俺からお前たちに褒美だ」

テオはそう言って頬杖を突いているのとは反対の手を握り締め空に放った。

純粋なまでに黒い魔力の粒子が、まるでダイヤモンドダストのようにキラキラと部屋に散る。

面々は「綺麗」と小さく呟き、黒い魔力の輝きに目を奪われるのだった。


商会を出たテオたちが家に帰ろうと歩いていた。

「テオ、その紙袋はなんだ？」

ヴェルメリオがテオの手に持っている紙袋を見ながら尋ねた。

「これか？」

「そうそう。だってあまり買ってないだろう？」

「俺、アンケートに行ったろ？」

テオの言葉に他の面々は納得した様子だった。

「そのアンケートに答えたらお礼で貰ったんだよ」

「テオだけズル～い。私も欲しい！」

「悪いな、リーリア。これは俺の物だ」

「テオのケチッ！」

リーリアが頬を膨らませる。

それを見て三人は笑うのだった。

その後家に帰ったテオが、セシルとエリナにお菓子を取られたのは言うまでもない。


——大会当日。

テオたちは学園にある闘技場にやってきていた。

「ついにやってきたか」

ヴェルメリオの言葉にテオたちが頷いた。

とは言ってもテオは本気でやりはしない。

丁度良いところで負ける予定なのだ。

セシルも見ていることもあり、ある程度の成績にしないと面倒くさいことになるからでもあった。

「アリスの実力なら優勝できそうだな」

「何言っているの。テオだって強くなったじゃない」

「そうかな？」

「そうよ、テオだけじゃなく、みんなだって強くなったわ」

アリスティアの言葉にヴェルメリオたちが強く頷いた。

テオたちは今、観戦席で話している。

それから少しして大会が始まった。

アリスティアたちは順番が近づくにつれて緊張している様子。

「テオ、あなた緊張してないの？」

「いや、こう見えて緊張しているんだ」

「……ふ〜ん。そうは見ないけどね」

「本当だって。これでも緊張でお腹が痛いんだ」

「早くトイレに行ってきなさいっ！」

「そうさせてもらうよ」

テオの順番はまだまだなので言われた通りにトイレに向かう、フリをする。

テオは人目がない場所に移動した。

直後、テオの目の前に何処からともなく現れる者が一人。

その者はテオの前に来ると跪いた。

「周囲の状況は？」

「はっ、現在バラけて見張りを立てております。不審な人影は見当たりません」

「今日は部外者も観戦に来ている。十分に警戒しておけ。不審な奴を見かけたらすぐに報告しろ」

「御意に」

消える人影。

テオはそのまま観戦席に戻り席に着いた。

「お帰り。お腹の調子は？」

「快調だよ」

「そう、なら良かったわ。私は出番がそろそろだから行ってくる」

「ああ。勝ってくれ」

「言われなくてもそのつもりよ」

ヴェルメリオやリーリア、ハントもアリスティアに応援の声をかけていた。

そしてアリスティアの出番となった。

結果は言わずもがな、アリスティアの圧勝であった。

テオたちも順調に勝ち進んでいき、その日は終了となった。

「勝たせてもらうっ!!」

テオに向けて振るわれる剣。

それをギリギリという感じで受け流し、テオが剣を振るった。

「あっ、がっ……!?」

テオと対峙《たいじ》した者は闘技場の地面に倒れた。

息を荒くして剣を掲げるテオに応じて、闘技場が歓声で沸いた。

現在のテオの成績は中の中といった感じとなっていた。

（そろそろ頃合いか。次の対戦相手で負けとくとしようか。これ以上は目立てないからな）

「お疲れ様」

「ああ。なんとかギリギリって感じだった。みんな強いな」

「そうね。それでも次も勝ちなさいよ」

「ははっ、努力するよ」

ヴェルメリオたちも順調に勝ち進んでいる。

それからテオのクラスは順調に勝ち進み、ほとんどが成績的に半分以上には入った。

だが後半になっていくにつれて負けていく人が続出する。

そしてテオも中の上辺りで負け、テオのクラスでは残ったのがアリスティアのみとなった。

アリスティアはその後も順調に勝ち進み、ついに決勝へと進出を果たす。

「凄いなアリス」

「テオが情けないのよ。まったく……」

「ははっ、返す言葉もない」

テオは苦笑いを浮かべる。

「にしても次の相手は……」

ヴェルメリオの言葉にアリスティアは対戦相手の名前を言った。

「システィーナ・クレバンス。あの一昨年に開催された王国魔剣大会で優勝した人ね。強敵よ」

王国魔剣大会は数々の猛者《もさ》が参加する魔剣大会だ。

猛者が蔓延《はびこ》る大会で優勝するほどの実力の持ち主。

舞のような華麗な剣技と、スピードで敵を倒す彼女に付いた二つ名は――【舞姫】。

「相手に不足なしね」

「頑張って、アリスさん！」

「ええ、勝ってくるわ」

リーリアの声援に強く応えたアリスティアは、選手控え室に向かっていった。

しばらくしてアナウンスが入る。

『それでは大会最後の試合、決勝戦の始まりです！　それでは両名、入場してください！』

闘技場は観客の歓声で包まれアリスとシスティーナが舞台に姿を現す。

『Aゲートから入場するのは、あの【剣聖】であられる第一王女フェリシア様の妹、アリスティア選手！　王女でありながらもその腕前は学園一か!?　決勝戦でどんな戦いをしてくれるか期待です！』

アリスティアの姉であるフェリシアは、世界でも屈指の実力者であり、圧倒的な剣技は世界一とも謳《うた》われ、付いた二つ名が【剣聖】。

剣聖と言われるほど、フェリシアは強いのだ。

そしてアリスティアの紹介が終わりシスティーナの紹介となった。

『Bゲートから入場するのは、一昨年の王国魔剣大会で猛者を相手に優勝したシスティーナ選手！　舞のような戦いをする彼女に付いた二つ名は【舞姫】！　決勝では王女相手にどのような戦いを見せるか注目です！』

金髪を靡《なび》かせ青く澄んだ瞳をした美少女、システィーナ。

今、両者が対峙した。

『それでは決勝戦――始めッ!!』

先に攻撃を仕掛けたのはアリスティアだった。

自らが出せる最高速度でシスティーナに迫る。

剣先がシスティーナの顔に迫ったが、身体を僅《わず》かに右へ傾けることによって顔の横を通り過ぎた。

アリスティアの攻撃を躱したシスティーナは、そのまま手に持つ剣を振るった。

綺麗な剣に見《み》惚《と》れそうになるが、身体を無理やり捻《ひね》ることによって回避する。

そのまま跳躍《ちょうやく》し後方に下がり、一度体勢を整えるのだが。

「――ッ!?」

気が付けばシスティーナは目の前まで迫っていたのだ。

「はぁあっ!」

システィーナの声がアリスティアの耳に届く。

振るわれる剣だったが、アリスティアの身体は勝手に動いており、剣を弾き返した。

「まだよ!」

そのまま攻撃に転じるアリスティアであるが、システィーナの表情が一瞬笑ったのに気付いた。

「罠だな」

一連の流れを見ていたテオは小さく呟いた。

(――しまった!)

アリスティアが気付いた時にはすでに遅かった。

振るわれるアリスティアの剣をシスティーナが弾き、そこからカウンターに移った。

「――ッ!!」

体を捻ることでシスティーナの剣先がアリスティアの頬を掠《かす》める。

システィーナは完璧に決まったと思っていたカウンターが、避けられたことに驚きで目を見開く。

「まだ!」

アリスティアは崩れた体勢のまま剣をシスティーナに振り上げた。

身体を仰《の》け反らせ回避したが、アリスティアの放った一撃はシスティーナの服を僅かに切り裂いていた。

互いに距離を取り見つめ合う。

そこでシスティーナがアリスティアに向けて初めて口を開いた。

「やりますね。アリスティア様」

「〝様〟なんてやめて。今、この場では対等の立場よ」

「……そうね。でも驚きました。まさかあのカウンターを避けられるとは」

「そう。ならもっと驚くことになるわ」

「楽しみです。アリスティア」

次に動いたのはシスティーナだった。

システィーナが低姿勢で物凄い速度で迫る。

その速度は初撃のアリスティア以上のものだった。

「――ッ！」

剣を振るうも、システィーナはそれを躱し攻撃に転じる。

それから二人の応酬は続く。

確実に回避し弾くアリスティアとは違い、まるで舞を披露するかのようにシスティーナは躱し攻撃する。

その姿は正しく【舞姫】。

その二つ名に恥じない動きであった。

激しい剣閃が闘技場の中央にて煌《きら》めく。

「くぅっ！」

アリスティアから苦悶《くもん》の声が漏れる。

実力は明白。

誰から見てもアリスティアは徐々に追い詰められていた。

それでもまだ、アリスティアは諦めを見せていない。

「まだ、ここまで来て負けられない！」

そんなアリスティアの言葉を聞いたシスティーナの表情に笑みが浮かんだ。

「何が可笑しいの？」

馬鹿にされたと思っての言葉だったが、システィーナは首を横に振って否定した。

「違います。ただ、こうも熱い戦いをしたのは久しぶりだったのでつい笑みが出てしまいました」

「そう、光栄ね」

「私も負けるわけにはいきません！」

システィーナの攻撃に苛烈《かれつ》さが増した。

アリスティアはどんどんと一歩、また一歩と足を後退させていく。

そしてついに、アリスティアの剣がシスティーナの一撃によって弾き飛ばされ、宙を舞った。

喉元に突き付けられる剣先が鈍く光る。

アリスティアが静かに両手を上げた。

「……参ったわ。私の負けよ」

こうして決勝戦はシスティーナが優勝するのだった。

（アリスにはまだシスティーナの相手は荷が重かったようだな。実力はシスティーナの方が上。だが、アリスにはまだまだ成長が見られそうだ）

テオはおもむろに席を立ち上がる。

「テオ、どうしたんだ？」

「いや、アリスを労《ねぎら》いに行こうと思って」

「そうか。大勢で行っても迷惑だろうし、俺たちの分も頼む」

「任せてくれ」

ヴェルメリオの言葉に頷いたテオは、そのまま医務室に向かう。

医務室まで来たテオは扉をノックする。

「テオだ。入っていいか？」

「ええ、どうぞ」

入ると、傷の治療を受け終わり、ベッドで寝そべるアリスティアの姿があった。

「お疲れ様」

「ありがとう。それで？　笑いに来たの？」

折角お見舞いに来たのに、そんな言葉を吐かれてしまう。

「違う。あの【舞姫】相手によくあそこまで戦えたなってさ」

「そう」

「ヴェルたちも凄いって褒めていたぞ？」

「ありがとう。でも……」

アリスティアは顔を俯ける。

「一度負けたくらいで落ち込んでどうする。勝つまで何度でも挑み続ければいいだろ？」

「……うん」

アリスティアはベッドから立ち上がり、テオの前に立つ。

「ありがとう」

「何がだ？」

「慰めてくれているんでしょ？」

「そんなわけないだろ」

「え……？」

慰めに来たと思っていたアリスティアだったが、テオの予想外の一言に顔を向けた。

ならどうして来たのかと。

「逆に聞くが、慰められて嬉しいか？」

アリスティアは首を横に振る。

「嬉しくなんかない」

「だろ？　ただ俺が言いたいのは――『いい戦いだった』それだけだ」

テオの言葉にアリスティアが目を見開き、小さくお礼を言った。

「ありがとう」

「おう」

「次は勝ってみせる」

アリスティアはギュッと拳を握り締め、強気な瞳でそう宣言する。

「その意気だ」

しばらくしてアリスティアは思い出す。

「そうだ。この後は表彰式だから行ってくる」

「わかった。俺は先に席に戻ってるよ」

アリスティアと別れたテオは誰もいない場所まで来ると、パチンと指を鳴らす。

するとどこからともなく一人の黒衣を纏う人物が現れた。

「お呼びでしょうか？」

「様子はどうだ？」

「はっ。現在周囲に怪しい人影は見当たりません」

「そうか。ご苦労。警戒を怠るな。それだけだ」

「御意」

人影は闇に溶けるかのように消えていった。

その後、テオは何事もなかったかのように観客席に歩き出した。

「遅かったな、テオ？」

戻ったテオに話しかけてきたのはヴェルメリオだった。

「すまん。もう始まった？」

「丁度な。早く座れよ」

ヴェルメリオに促され席に座り闘技場の中央を見る。

司会が何かを言っている。

『ミッドガルズ魔剣学園大会の覇者となったのは、三年生、システィーナ選手だぁぁあああ！』

司会のテンションは絶好調のようだ。

観客に座る生徒たちも司会に合わせて叫んでいる。

『続いて二位となったのは、決勝でシスティーナ選手と熱い試合を見せてくれたアリスティア選手！　惜しくも二位となったが、その腕前は本物！　一年生でこれだけの成績を収められた。二年での大会も注目だ！』

続いて三位の発表となった。

台に立つのは短い金髪を靡かせ、爽やかな笑みを浮かべる青年だ。

恐らく二年生だろう。

『三位となったのは、誰もが知る鬼才。鮮やかな剣術は学園一！　ミハエル選手！』

ふさぁ、と髪を靡かせ、聞こえてくるのは黄色い声援。そのことからもミハエルには女性ファンが多い。

学園にはファンクラブもあるくらい人気の人物だが、代わりに男子からは敵視されている。

それでも実力では本物なので誰も何も言えないのである。

『それではこの三名に大きな拍手を！』

会場が割れんばかりの声援と拍手が、闘技場を満たすのだった。

閉会の挨拶で魔剣大会が終わる。

テオたちも少し話して解散となったのだが、帰ろうとするテオをアリスティアが呼び止めた。

「テオ、ちょっといい？」

「どうした？」

「この後時間あるかしら？」

予定もないテオは頷いた。

「なら少し付き合ってちょうだい」

「まあ構わないが」

アリスティアの後を付いていく。

「何処に向かっているんだ？」

「もう少しよ」

聞いてもはぐらかされ、テオは聞くことを諦める。

だが、アリスティアが向かうのは中央広場だった。

日が傾き出したのにいまだに多くの人が行き来しており、中央広場にはベンチがある。そこへアリスティアが座り、テオにも促すので隣に座った。

アリスティアは何も喋《しゃべ》らないが、しばらくして口を開いた。

「私、悔しかった」

何が？　とは問わない。

それが何を指しているのかテオにはわかっていたから。

「私ね、姉様みたいに強くなりたくて頑張ってたの。でも姉様の実力を目にしてわかった。あれは天才、才能なんだって。次元が違うのよ」

そこまで言うと、アリスティアは悔しそうに拳を握り締めた。

「システィーナと剣を交えてわかった。あれも姉様と同じ才能だってね。凡人の私には勝てないのよ」

そこでようやくテオが口を開いた。

「天才は存在する。でも、アリスの姉であるフェリシア様がそうだったとしても、今日戦ったシスティーナさんは違うかもしれない」

「……え？」

テオの言葉に顔を向ける。

「才能だったとしても、努力せずに人は強くなれない。俺の姉さんがよく言っている言葉だよ」

「でも！」

「才能が、天才が憎いか？」

「…………」

アリスティアは何も答えない。

憎いのかわからないでいた。

「もしそうなら努力すればいい。天才たちよりも多く努力して挫《くじ》け、尚も努力して天才にしがみ付け。そしていずれは天才をも超える。それが平凡ってやつだろ？」

「……何よそれ」

「凡人が天才に勝つには努力あるのみ。それだけだよ。俺も姉さんにこっぴどく鍛えられているからな。今日も帰ったらきつく言われると思うと憂鬱《ゆううつ》だよ」

テオはそう言って笑みを浮かべた。

「努力、ね……」

「ああ、俺は程々にしておくけどね」

「なんでよ！」

自分は努力しないと言われたアリスティアは、ついテオに向かってツッコミを入れてしまう。

「どうだ？　少しは楽になったか？」

「……何よ、もしかしてそれが目的だった？」

「自分から言っておいてそれか？　傷付くぞ」

「え、あ、いや、そうじゃなくて……その、ありがと」

「気にするな。それよりも何か食べるか？　丁度露店も多いことだし」

「そうね」

こうしてテオとアリスティアは露店の物を食べ歩くのだった。

アリスティアと別れ帰宅したテオは、現在姉であるセシルの前に正座をさせられていた。

「なんで教えたことができてないの！　私が頑張って教えたじゃない！　大会の順位だって中の上！」

「い、いや、姉さん、俺だってまだ一年生だよ？　一年にしてはそこそこの成績じゃあ……」

「確かにそうかもね。二年生と三年生を抑えてよく中の上に入ったと思うわ」

「ならここまで怒らなくても――」

「黙りなさい！」

「ハイッ！」

テオは姿勢を正し謝る。

それを見て笑いを堪《こら》えようと頑張るエリナの姿があった。

「でも、どうして姉さんは参加しなかったの？」

「私は今回の試合を辞退したのよ」

「え？　なんで？」

「なんでって……これでも来年には卒業して騎士団に入団するのよ」

「それと大会にどういう関係があるの？」

「簡単に説明するわ。フェリシア様と学園が、私の実力を評価して、大会には出なくていいって言われたの。出たいと言ったけどダメだったのよ。後輩を教育するのが先輩の役目って言われてね」

「ふ～ん」

テオは興味なさげに返事を返す。

(つまりは、強いから出ないでくれってことか)

「姉の話はしっかり聞けぇぇぇぇえっ!!」

「フゴァァアッ!?」

勢いよく吹き飛ぶテオであった。

そのあとエリナに膝枕されて癒やされていたのは言うまでもない。


翌朝。

いつもならテオが来る時間帯にはアリスティアがいたはずなのに、今日は姿が見えない。

少しして担任が教室に入ってきた。

「先《ま》ずはアリスティアが欠席な理由についてだが、体調不良とのことだ」

担任の言葉を聞いた反応は「そんなこともあるのか」「昨日は頑張っていたからな」などだった。

「そう言えば昨日、テオはアリスティアと何か話していたよな?」

ヴェルメリオがそう言ってテオを見た。

「ん? 確かにそうだな。でも大丈夫そうだったが……まさか拾い食いをして腹を下したとか」

「バカ言え、王女だぞ。テオじゃないんだから拾い食いなんてするわけないだろ」

「おい、俺もしないからな」

「はいはい」

そんなこんな言っていたが、担任の「静かに」の一言で静かになる教室。

「アリスティアの件はこれでお終いだ。次の話だが――」

そこで教室に緊張が走った。

何故か？　それは成績が悪ければ、当分の間ランニングという地獄が待っているからであった。

ゴクリと誰かが生唾を飲み込む音が聞こえてくる。

「では今回の大会での全体の成績だが――お前ら、喜べ」

担任は笑みを深くする。

その笑みは一体なんなのか。誰もが思考する。

「ヴェルメリオ、お前以外は全員成績が良かったぞ？」

「うぐっ」

ヴェルメリオの額から冷や汗が流れ落ちる。

それすなわち。

「お前ら、連帯責任で今日から一週間ランニングだ！　昼以外は休ませないからな！」

「「ヴェル、貴様ァアアアアアアアアアアアアッ!!」」

ヴェルメリオはクラスの全員からバッシングを受けた。

「仕方なかったんだ！　だって三戦目でシスティーナ先輩と当たったんだぞ！」

その言葉に誰もが沈黙し、察してくれた。

入学して数ヵ月しか経っていないのに、先輩でしかも学園外の大会で猛者相手に優勝している人に当たったのだ。

どう見ても運がなかったとしか言いようがない。

いたたまれない雰囲気になる教室。

「どう見ても不幸だろうがぁぁぁぁあああああ！」

ヴェルメリオの嘆きが教室に木霊《こだま》するのであった。

それから何事もなく授業が進み放課後。

テオは担任から呼び出された。

「テオ、ちょっと来てくれ」

「はい」

付いていくと、そこには教師陣の他にアリスティアの姉であるフェリシアの姿があった。

テオは彼女を見ただけでわかった。

（強いな）

「あの、一体何が……？」

本当に訳がわからないテオは尋ねた。

すると教師陣からではなく、フェリシアがテオに説明をした。

「私の名前はフェリシア。アリスの姉です。昨夜にアリスが行方をくらませました」

「アリスが、ですか？　でもどうして突然……」

何も聞かされていないテオは素で驚いていた。

フェリシアは深刻そうな表情で頷く。

「そこで聞き込みをして、昨日アリスティアと最後に会った人物として、君の名前が挙がりました」

フェリシアたち騎士団はテオが犯人なのではと思っているようだ。

「昨日、アリスと何をしていました？」

テオは昨日の大会後のことから詳しく説明をした。

「なるほど」

容疑が晴れたのかと思った直後、フェリシアの背後に控える女騎士が怒声を上げた。

「嘘も程々にしろ！　本当のことを話せ！」

後ろの女騎士はテオが犯人だと疑っていた。

証拠もないのにである。

テオは臆することなく、彼女の目を見据えた。

「では証拠があるのですか？　正直、こちらも驚いているんですよ。勝手に犯人だと決め付けないでいただきたい」

「なんだと！　証拠ならある！」

「……は？」

「これです」

フェリシアがある物をテーブルの上に置いた。

テーブルに置かれた物。

それはテオの学生証であった。

（ないとは思っていたが……）

テオは犯人に上手く使われたと推測する。

「それをどこで拾いましたか？」

「王都の路地裏だ。心当たりはあるか？」

あるだろ？　と言いたげな女騎士にテオは首を横に振った。

「確かになくしたとは思っていました。ですが、昨日は一度も路地裏に足を踏み入れた覚えはありません」

「嘘言うな！」

「やめなさい。恫喝《どうかつ》は良くないです」

フェリシアに止められ女騎士は「すみません」と謝罪し一歩引き下がる。

そしてフェリシアはテオの瞳を真っすぐに見つめる。

しばらくして「ふぅ」と息を吐いた。

「どうやら嘘は言っていないようですね」

「フェリシア様⁉　何を根拠にそのようなことを！」

「私はね、人が嘘を吐いた時は大体目を見ればわかります。目線が右上を向いたり、瞬きの頻度が上がったりとね。他にもまだあるわ。でも、君は嘘を吐いていません」

「そのような戯言《ざれごと》を……」

「わかるんですよ」

「そう、ですか……ですが」

「あなたの心配もわかります」

フェリシアは再びテオに向き直る。

「疑いが晴れたわけじゃないのはわかっているはずです」

「そうでしょう。それは重々承知です」

テオだってそんなことで疑いが晴れるとは思っていない。

容疑を晴らすとすれば、監視とかを付けるはずだ。

「素直ね。セシルと同じ、真っすぐな目をしている」

「ありがとうございます」

「それで君をどうするかだけど、しばらくの間見張らせてもらいます」

「まあ、そうなりますよね」

(厄介だな。でも犯人として見られているのなら仕方がない、か……)

「家ではセシルに見張らせますが、いいですか？」

「はい。それで疑いが晴れるなら是非もないです」

「物わかりが良くて助かります。それと犯人に心当たりはありますか？」

ある、とは言えない。

それを言ってしまえば、どこでその情報を仕入れたのか怪しまれるから。

(そんなこと言えば俺がドグマの一員だと疑われるのが目に見えているがな)

「残念ながら心当たりは……」

「そう。では戻ってください」

「はい。失礼します」

そう言ってテオは部屋を後にするのだった。

家に戻ってすぐ、セシルがテオの元に詰め寄ってきた。

「あんた！　本当にアリス様を誘拐したわけじゃないわよね!?」

セシルがテオの胸倉を掴み上げ問い質す。

「本当に何も知らないよ。ただ、最後に一緒にいたのが俺だから、疑われているだけだって」

「そう。ならいいわ。フェリシア様に、テオを監視するようにって言われてね」

「聞いてるよ。僕は部屋でジッとしてるから」

「そう。部屋から抜け出したりしないでしょうね？」

「しないよ。それにこんな状況で抜け出したりしたら余計に怪しまれるでしょ」

「それもそうね」

テオは自室に戻り椅子に腰を掛けた。

セシルとエリナが来ないことを確認してから指を鳴らす。

するとすぐに三名が現れ跪き、すぐさま謝罪をした。

「「「申し訳ございませんでした！」」」

鋭い視線を向けると、ビクッと肩を揺らす。

順にヴァイス、ティスラ、エイデスが額から冷や汗を流していた。

やってはいけないミスをしてしまったから。

それも、友人であるアリスティアの監視を任されておきながら、誘拐されたのである。

殺されても言い訳はできなかった。

「まずは弁明を聞こう」

「……アリスティアの監視は常に三人態勢で行っておりました」

「ふむ。では何故に連れ去られるのを見逃した？」

三人にプレッシャーが襲う。

圧倒的なプレッシャーに圧《お》し潰されそうになりながらも、顔を青ざめさせながらも答える。

だが、答えたのはヴァイスではなく、ティスラだった。

「い、言い訳のしようがございません」

「違うな、ティスラ」

違う、と言われたことにビクッと肩を震わせる。

「俺は何故、監視もしているのに、アリスが連れ去られる瞬間を見過ごしたかということを聞いている」

「は、はい。それは――」

ティスラは部下からの証言をそのまま伝えた。

ティスラ曰《いわ》く、あの後アリスティアは王城に帰ろうとしたところを、忘れ物を取りに学園に向かったらしい。

帰ろうとしたところに、ミハエルがアリスティアに声をかけたのを目撃した。

「ミハエルというと、二年のアイツか」

「はい」

「でもどうしてヤツが……」

だが推測はできる。

ヤツがドグマの一員でアリスティアの誘拐を命令されていたとすれば、全ての辻褄《つじつま》が合う。

「それで、どこで見失った？」

「学園を出てすぐの路地裏です。戦闘をした痕跡は見当たりませんでした」

「そうか。見失った原因はなんだ？」

「丁度監視を交代するタイミングでして……」

「わかった。場所はわかっているか？」

ティスラは罰則があると思い、なかったことに思わず顔を上げて「え？」と呟く。

「どうした？」

「いえ。あの……処罰は？」

「そんなもの行動で示せ」

「「はっ！」」

テオは足を組み直し、三人に問う。

「もう一度聞くが、居場所はわかっているのだろうな？」

「勿論です」

テオは満足のいく言葉を聞いて笑みを浮かべる。

「場所は王都内にある古びた教会です」

「教会？」

「はい。アリスティアが誘拐されてすぐ、居場所を突き止めるために人員を派遣しました」

「そうか。よくやった」

「ッ!!　ありがとうございます！」

ティスラは褒められたことに頬を染め歓喜の声を上げる。

「だが失態は失態だ。それを忘れるな」

「はい！」

ノックがされドアが開かれた。

「テオ、あんた部屋で何をしているの？」

「姉さん。どうしたの？　何って、部屋からは迂闊《うかつ》に出れないし、トレーニングでもしようかなって」

「ふ～ん。あまり変なことはしないようにね」

「わかってるよ」

セシルが部屋を出ていく。

そしてテオが椅子に座り溜息を吐くと、隠れていたヴァイス、ティスラ、エイデスが現れる。

「すみません。私が声を大きく出したせいで……」

ティスラは自分のせいでテオが怒られたことにシュンする。

「気にするな。姉さんは俺を監視するのが仕事みたいなものだからな。それで今は物音に敏感なのだろう。では続きだ」

面々は気を引き締める。

「作戦の決行は日が沈んでからだ」

「わかりました。メンバーはどういたしましょうか？」

「そうだな……」

考えるテオだが、ティスラが行きたそうにしている。

「今回は俺の他に、六影だけで行く」

「「「御意」」」

エイデスが口を開く。

「グリューン以外でよろしいでしょうか？」

「そうだな。今は商会のことで忙しいだろう。五人、いや、俺を入れて六人で行く」

「はっ！」

そうして消えるティスラたち。

一人残ったテオは、どうやって抜け出すかを考えることにした。

（抜け出すにしても姉さんのことだ。すぐにバレるだろうな）

セシルが出ていくにしても、エリナをテオの監視に付けるだろうと予想ができた。

だが都合良く進まないのが現実である。

日が落ち始めて少し。

「テオ、いるわよね？」

「……どうしたの姉さん？」

部屋の扉が開きセシルがフェリシアと同じような騎士団の恰好でテオの前に現れた。

「フェリシア様に応援で呼ばれてね。捜索に人手が足りていないらしいの」

「俺の監視はいいの？」

「……どうせ寝てるんでしょ？　それにエリナに見張らせるもの。フェリシア様もそれを了承してくれたわ」

「そっか。アリスを頼む」

「言われなくてもそのつもりよ。それじゃあ行ってくるわ」

セシルが出ていった。

（ある程度予想はしていたが、残る問題は――）

入れ替わりにエリナが部屋に入ってきた。

（エリナか……）

どうしようか考えるテオに、エリナは無邪気な笑みで話しかけてきた。

「兄様、どうかしました？」

「ん？　いや、なんでもないよ」

「そうなのですか？」

「少し面倒なことに巻き込まれたなと思ってね」

「面倒なこと、ですか？」

「エリナは気にしなくていいよ」

「はいです！」

「俺の部屋に来たんだ。何か用か？」

テオの言葉にエリナは部屋に来た理由を話す。

「姉様がテオを見張っておきなさいって。どうしてですか？」

「まあ、色々あったってこと。エリナは何かしてたのか？」

「はいです！　いつもの素振りをしていました」

「それはいいことだ」

「でも……」とエリナは呟く。

「ちょっと疲れて、眠くなってしまいました」

「そうか。少し寝たらどうだ？」

「はいです。ちょっと寝てきます」

「監視はいいのか？」

　エリナはあっ、と思い出したように声を上げた。

「そうでした。忘れてました。どうしましょう？」

目を擦《こす》るエリナは相当眠い様子だ。

無理に起こすわけにはいかない。

テオが口を開く前にエリナが思い付いたとばかりに提案を言った。

「兄様も一緒に寝れば解決です！」

「自分の部屋で寝ろ、とは言えないか……仕方がない」

「やったです！」

笑みを浮かべるエリナはテオのベッドで横になり、すぐに可愛い寝息を立てるのだった。

エリナは一度寝てしまえば朝まで起きないのは知っていた。

テオはエリナの頭を優しく撫で笑みを浮かべた。

「お兄ちゃんは少し出掛けてくるよ。すぐに戻るからそこで寝て待っていてくれ」

そう言ってテオはベッドから立ち上がった。

そして背後には六影であるグリューンを除いた面々の姿。

テオは魔力に包まれたかと思うと、一瞬にして帝王としての黒衣の姿、ノワールへと変わった。

手に持つ仮面を着け、仮面の下で不敵な笑みを浮かべるノワールは、配下に告げた。

「――奴らに本当の強者がどのようなものか、ここ《陰》は我らの世界だと知らしめてやれ」

ノワール同様に不敵な笑みを浮かべる六影たちは、日が落ちた夜の王都に消えていくのだった。

◇　◇　◇

「あれ？　私は一体何を……」

アリスティアは目を覚まし、そこで手を動かそうとして動かないことに気が付いた。

手の方へと視線を向けると、両手に繋がれているのは手枷《てかせ》だった。

「何よコレ！」

慌てふためき横になっている状態から立ち上がろうとして――足に違和感が……

下を見て確認すると手枷同様に両足にも足枷が嵌《は》められていた。

「――いッ!?」

無理に動かしたからなのか、痛みでそんな声が漏れる。

「何がどうなって……」

目が覚めるまでの記憶が曖昧であったが、少しずつ思い出してきた。

アリスティアはテオと別れた後、学園に忘れ物を取りに行った帰り際、ミハエルに呼び止められたのだ。

「そうだ。でもそこからの記憶が――」

「おや。目が覚めたのですか？」

聞こえてきた声の方を向くと、そこに最後に会った人物であるミハエルが、繋がれたアリスティアの方に歩いてきていた。

「ミハエル、これはあなたが……？」

アリスティアの問いにミハエルは、大会の時に見せたような爽やかな笑みを浮かべた。

「ええ、そうですよ」

「一体何が目的でこんなことを！」

「目的、ですか？　それはあなた自身が知っているのでは？」

「……私が？」

言われて困惑する。

考えても心当たりがない。

「そんなことよりも、こんなことをしてタダで済むと思っているの？」

アリスティアの言葉にミハエルは失笑する。

「何が可笑しいの！」

「今頃はテオといいましたかね？　あの子が犯人として捕まっている頃ですよ」

「ッ!!　テオに何をしたの！」

「今日最後に会ったのがテオだと誰もが知っています。それに彼は学生証を落としたみたいでね」

ミハエルのその言葉で何をしたのか、アリスティアは察した。

「下衆《げす》が」

「なんとでも言ってください。私は使えるものはなんでも使う主義でしてね」

アリスティアは辺りを探すが武器になりそうな物は何もない。

「武器を探しているので？　無駄ですよ」

「大会で私に負けたくせに」

「負けた？　何を言っているのですか。ワザと負けたのですよ。だって勝ってしまったら目立つではないですか」

「何を言って……」

「我らは〝ドグマ〟。今や裏の世界を全て支配する者たちですよ？」

「なん、ですって……？」

ミハエルから放たれた言葉に、アリスティアは驚きで目を見開いた。

それは裏世界の全てを牛耳り、裏から世界を支配していると言っても過言ではない組織だったからである。

「あなたがドグマの者だという証拠でもあるわけ？」

「ええ、見せましょうか？」

そう言いながらミハエルは自身の袖を捲《まく》り、右腕に描かれている刺青《いれずみ》を見せた。

聖杯の上に描かれた角の生えた髑髏《どくろ》に、聖杯の両脇から生える黒い翼。

国の上層部のみしか知らない、ドグマのマークであった。

このドクロに王冠を被り、聖杯に数字が書かれた者はドグマの幹部である、ナンバーズ。だがミハエルの刺青には数字が入っていないことから、ナンバーズではない。

「あなた……ドグマの構成員だったのね、それを見て確信が持てたわ」

「やはり知っていたのですか」

「ええ。聞かされてはいたわ」

「それで、構成員の中で、最もナンバーズに近い私を相手に戦うとでも？」

「――ッ！」

放たれるプレッシャー。それはアリスティアにとって今まで感じたことのない強さのものだった。

冷や汗が流れ落ちる。

だが、ここから抜け出すならば戦わなくてはいけないことになる。

今の自分とミハエルの強さを考えたら、長くは持たずに負けてしまうだろう。

「良い判断です」

ミハエルは、アリスティアが戦ったら負けるとわかって力を抜いた。

「それで、私をどうする気？　殺すの？」

「まだ殺しはしません。言ったでしょう。我らはドグマ。何を目的としているのかも」

「裏世界の完全なる支配、じゃなくて？」

アリスティアの解答にミハエルは首を横に振った。

「違いますね。我らが目指しているのは邪神の復活」

「……御伽噺じゃないの？」

「違いますよ。邪神は本当に封印されています。ですが、まだ場所は誰も知らない。いや、知らされていないのかもしれませんね」

ミハエルは続ける。

「邪神はかの英雄によって封印された。その封印を解く鍵があなたというわけです」

「私？」

「そう。英雄の子孫であるあなたの血が必要なのですよ」

「なるほどね」

アリスティアは時間を稼ぎつつ、ここから抜け出す方法を探る。

（ダメね。何も利用できそうなモノが何もない……）

「すぐに姉様の捜索隊がここに来るわ」

「それはないですよ」

「どうして……？」

ミハエルは笑みを浮かべながら答えた。

「だってここは王都の地下にある教会。今はドグマが管理している場所だからですよ。それにこの場所は長く秘密にされてきた。ここに教会があるとは王族も、誰も知らない」

疑いの眼差しをミハエルに向ける。

「嘘とでも？　残念ですが本当ですよ。少し待ってなさい。もう少ししたら研究者が血を抜きに来ますから」

そう言ってミハエルは、笑みを浮かべて去っていく。

今のアリスティアはその姿をただただ見送るしかできなかった。

しばらくしてミハエルが一人の研究者と数名の魔剣士を連れて戻ってきた。

「それでは血を頂きますね。やりなさい」

「はい」

研究者と数名の魔剣士が近づいたその瞬間、通路の奥からコツ、コツと足音が聞こえた。

その場の全員が音の聞こえる方向に視線を向ける。

「――監禁とはいい趣味をしている」

「誰だ！」

ミハエルが声を荒らげ、その人物に投げかけた。

現れるのは黒衣に身を包む一人の人物。

顔は仮面でわからない。

ミハエルの問いかけにその黒衣の人物は答えた。

「――我が名はノワール」

「ノワールとは聞いたことない名ですね。どうやってこの場所を突き止めたかは知りませんが終わりです。お前ら、そいつを殺しなさい！」

ミハエルが命令するも魔剣士たちは動かない。

何をしているのか、もう一度ミハエルが命令を出すもやはり動かない。

ノワールがミハエルに告げる。

「死人が動けるはずがないだろう？」

「何を言って――……」

直後、複数の魔剣士たちが血を吹き出し崩れ落ちた。

「な、なな何をした！」

突然の事態に困惑し、ノワールに尋ねるも。

「貴様には俺の剣が視《み》えなかった。それだけのこと」

「そんなはずはない！　これでも次期ナンバーズなのだぞ！」

騒ぎを嗅ぎつけたドグマの構成員である魔剣士が雪崩《なだ》れ込んできた。

「皆さん、アレを使いなさい！」

「ミハエル様！」

研究者が待ったをかけた。

「アレをここで使ってしまえば大惨事に――」

「うるさい！　お前たち、使え！」

ミハエルの命令に魔剣士たちは自身の首筋に注射器を刺し、中に入っている赤い液体を流し込んだ。

そして……

魔剣士たちは悲痛な叫び声を上げながら筋肉を肥大化させていく。

「まさか……」

「そうです！　これぞ強化人間です！　普通の魔剣士の倍以上の身体能力があります。あなたに倒せますかね？」

「同じだったか」

「なんですって？」

「同じと言ったのだ。洞窟の奴らとな」

その言葉でピクっと反応を示した。

「ま、まさか！　アイクを殺したのは貴様か！」

「気付くのが遅い」

だがミハエルは笑った。

「何が可笑しい？」

「いえ、この状況を見てわかりませんか？　強化人間の薬は完成したってことを」

確かにミハエルの言う通り強化人間たちには理性があり、ミハエルの命令を待っていた。

「なるほど。あの薬はすでにその研究者の手によって完成していたということか」

「察しが良くて助かります。ですが、あなたにはここで死んでもらいますよ。やりなさい！」

強化人間たちがノワールに襲い掛かった。

アリスティアは目の前で行われている戦闘を見ていた。

突如乱入してきたかと思った者は、数十人の強化人間を相手に一人で無双していたのだ。

剣を一閃すれば数人がまとめて斬り刻まれる。

自然と振るわれるノワールの剣は一つの〝美〟として完成していた。

「綺麗……」

ノワールの剣を見て、アリスティアは呟いた。

強化人間はものの数秒で数を減らす。

「どうして、どうして殺せない！」

ノワールの服には一切の汚れやシワが存在しない。

それだけ圧倒的な実力差があるということの表れでもあった。

「くそっ、こうなったら」

何を企んだのか、ミハエルは数名の魔剣士を率いてこの場から走り去っていった。

置いていかれた研究者は、自らの身を守るために残った強化人間に命令を下す。

「早くやれ！」

だが、すでに強化人間たちは物言わぬ屍《しかばね》に成り果てていた。

「一人そこで命令し、自分は逃げるつもりだったのか？」

「ごふっ……」

逃げようとした研究者の胸部に漆黒の剣が突き刺さっていた。

アリスティアは、ノワールがいつ移動したのかさえもわからなかった。

剣を抜くと、研究者は地面に倒れ血を流す。

「わ、私は命令されてやっていただけであって、こんなつもりは――……」

もう一度突き出された剣が研究者の胸部、心臓に突き刺さりその場に倒れ伏す。

残るのは、枷に繋がれたアリスティアとノワールのみ。

ノワールがアリスティアに向けて一閃。

殺されると思ったアリスティアは、どさっと地面に尻餅をつき、同時に枷がガシャンと落ちる。

ノワールは手枷と足枷を切って、アリスティアを解放した。

助けられたとわかったアリスティアだったが、目の前にいる黒衣の素性は不明。

だからなのか、アリスティアはノワールに尋ねた。

「……あなたは、あなたたちは一体何者？」

「我らはネグロヘイム。闇を滅ぼし、陰を統べる者」

「ネグロヘイム……」

去ろうとするところを引き留めた。

「待って！　あなたは誰なの？」

仮面越しに振り返り名乗る。

「ノワール」

そう告げてノワールは消えた。

「ノワール……」

アリスティアはノワールが消えた所を見つめるのだった。

フェリシアたちのアリスティア捜索隊が王都中を探していると、喧騒《けんそう》が聞こえた。

「こんな時に何事ですか！」

急いで駆け付け、近くにいた兵を問い質す。

「フェリシア様！　それが、急に現れた魔剣士たちが暴れ始め、取り押さえようと交戦しましたが強すぎて手が付けられない状況です。こちらの負傷者はすでに半数を超えています！　重傷者も出ており……」

「わかりました。あなたたちは下がりなさい。ここは私たちが引き受けます」

兵はフェリシアの指示に従い、負傷者を連れて下がる。

続けてフェリシアは指示を出す。

「捜索は一時中断します。今は辺り一帯を閉鎖し住民の避難を優先に！」

「「はっ！」」

避難活動が早急に行われる。

魔剣士たちは邪魔する者たちを斬り殺している。

一撃一撃が強く、応戦した魔剣士がガードした剣ごと叩き斬られていた。

その後ろにフードを被り指示を出す謎の人物がいた。

フェリシアはすぐに、そいつがこの事件の黒幕と推測し、迅速に動き出した。

目の前の魔剣士に応戦した兵が吹き飛ばされ、そこへ確実に殺すとばかりに襲い掛かった。

兵に対し魔剣士が振るった剣は、その横に振り落とされた。

いや、正しくは逸らされたのだ。

魔剣士が顔を上げると、そこには剣を構えるフェリシアの姿があった。

「下がりなさい！　まだ戦えるのなら他の応援に！」

「は、はい！」

そこに、後ろに控える者が口を開いた。

「チッ、騎士団が出張ってきましたか。それにフェリシアですか。厄介ですね。お前たち、彼女を殺しなさい」

命令が下される。

魔剣士たちは命令に従い一斉に斬りかかる。

「くっ!!」

他の騎士たちも苦戦しており、一人また一人と倒され戦力が削られていく。

フェリシアは三名の魔剣士が相手しており、追い込まれつつあった。

だが、さすがは【剣聖】と呼ばれるだけのことはあるのか。

相手にも確実にダメージを入れて、一人の片腕を斬り落とし、その隙を突いて一人を斬り伏せた。

「やりますね。あなたたち、最後のアレを使いここにいる者たちを殺すのです!」

その言葉に応じてカリッと何かを噛み砕いた音がしたのと同時。

目の前の魔剣士たちが突如大きな声を、悲鳴のような苦悶の声を上げた。

「一体何が……」

フェリシアの疑問の声に、謎の人物は答えた。

「さあ、殺戮《さつりく》の限りを尽くしなさい!」

彼の声に応えるようにして、ギロッと視線が騎士団に向けられた。

そこから行われたのは虐殺だった。

十名にも満たない魔剣士を相手に、騎士団が半壊寸前まで追いつめられていた。

フェリシアも防いではいるものの、確実にダメージが蓄積されていた。

「しまっ――がはっ！」

一瞬の油断。

相手の振るった剣を防御したが背後からの攻撃に気付くのが遅れ、無理な体勢で防いだことで吹き飛ばされた。そのまま背後にあった建物に体を打ち付けた。

「かはっ」

口から血が流れ落ちる。

そして眼前に振り上げられる剣。

「団長ぉぉぉおおおおッ!!」

今、フェリシアに剣が振り下ろそうとされていた。

部下は団長がピンチに陥ったところを見て、急ぎ駆け付けようとして――それが現れた。

「その程度を相手に苦戦。【剣聖】の名は地に落ちましたね」

肥大化した魔剣士が真っ二つに斬り裂かれた。

その背後に立っていたのは、綺麗な銀髪を靡かせ、黒を基調とした衣服に身を包む一人のエルフだった。

「あなたは……」

目の前のエルフを見てそんな声が漏れる。

だが目の前のエルフは周りに指示を出す。

「主が来る前にさっさと片付けましょう」

応じて現れる四名の黒衣の者たち。その手には黒い剣を携えて。

それからの黒衣の集団の戦闘は圧倒的であった。

相手の攻撃を読んでいたとばかりに躱し、一撃で仕留めていた。

騎士団が苦戦していた魔剣士たちが、たった数秒で物言わぬ骸《むくろ》と成り果てたのだ。

「これで終わりね？」

「ええ。奴はどうします？」

反対方向に背を向けて逃げ去ろうとしている黒幕に視線が向けられる。

「早く奴を追わなくてはいけません！　あの者が黒幕です！　早く追い駆けて――」

「うるさいですね」

「――ッ!?」

言葉と共に、フェリシアや騎士団に向けてプレッシャーが放たれる。

その重圧に思わず唾を飲み込む。それでも……

「な、何故追わないのですか！　奴らは――」

「聞こえなかったのですか？」

「ッ――……」

再びプレッシャーの圧が増した。

フェリシアは察した。この者たちと戦ったところで自分たちでは勝てないと。

それだけの実力差はあるとわかってしまったのだ。

「それで、どうするのよ？」

「あの人がじきに来るわ」

「なるほど。それに奴は……」

「そうでしたね」

フェリシアには何を言っているかわからなかった。

——その時は来た。

一瞬にして場の空気が一変。

胸が苦しくなるような、物理的な圧力さえ感じるほどのプレッシャーが、この場にいる者たちへと降りかかった。

「な、なん、ですか、これは……⁉」

騎士団の面々はすでに地面に膝を突き、青ざめた表情でガクガクと震えていた。

「来ましたね」

先程のエルフが呟いた。

「——我らが主、〝帝王〟のご登場です」

逃げた人物もその場のプレッシャーを感じ取り立ち竦《すく》んだ。

「な、なんですか、このプレッシャーは‼」

そして深淵の底から響くような低い声が聞こえた。

「逃げられると思っていたか？」

見れば黒幕のすぐ真後ろに、全身に黒を纏った人物が立っていた。

よく見ればコートを着てフードを被っており、顔全体が隠れる仮面を着けていた。

フェリシアはその黒衣の者を見てわかった。

——強いと。それも自分以上で圧倒的に。何もかも次元が違うと。

「クソッ！」

「逃がすわけがないだろう」

剣閃が煌めいた。

遅れてその人物、ミハエルの首が落ち胴体も地面に倒れ伏した。

気付けば辺りは多くの血でむせ返るような臭いとなっていた。

「所在は掴めているな？」

「はい。屋敷におります」

「では移動する」

「はっ！」

そこにフェリシアが問いかけた。

「一体何をしようとしているのですか！」

「貴様らは知らなくてよい」

「……なら教えてください。あなたたちは一体何者なのですか？」

騎士たちが剣を向け、臨戦態勢を取る。

フェリシアの質問に黒衣の人物は答えた。

「我らはネグロヘイム。闇を滅ぼし、陰を統べる者」

「ノワール様、参りましょう」

エルフの女性がその黒衣の人物の名を呼び消え去った。

「ノワールにネグロヘイム。あなたたちは一体何をしようと……」

消え去ったノワールたちを見て、フェリシアはそう呟くのだった。


とある屋敷にて。

書斎で仕事をしている中年の男がいた。

「旦那様！」

「どうした？　そんな慌ただしい声で。入れ」

入ってきたのは若い男だった。

「何事だ？」

「それが……」

男は歯切れが悪い。

「現在王都が荒れているようです」

「それがどうしたというのだ」

「実は原因がミハエル様のようで……」

「なにっ!?　それは本当か!!」

男は立ち上がり青年にそう告げる。

立ち上がったことでわかる体格。

この男、ミハエルの父であるウォルス・マルケーゼはかつて名を馳《は》せた魔剣士である。

そのためか、怒鳴った時の迫力も相当。

「じ、事実です。ミハエル様が血を手に入れようとしておりました」

「血っていうと……まさか王女のか！」

「は、はい」

「バカめ！　そんなことをすればすぐに気付かれるだろうが！」

「それが」

「まだあるのか！」

「は、はい。王女を拉致し地下の教会に連れ去ったらしいのです」

ウォルスはそれを聞いて椅子に座り直し頭を抱えた。

大事になるのは目に見えてわかっているのに。

「それで、どうなった？　第一王女、フェリシアの騎士団が出張ってきたのだろう？」

「はい。その通りです。ですが……」

「なんだ、まだあるのか？」

「地下の教会は国も騎士団も知らない場所です。バレるはずがないのです」

「……というと？」

「何者かが突き止めたのかと」

魔剣士の言葉にウォルスも考える。

「ミハエルは自信過剰なところはあるが、ヘマはしない奴だ。一体誰が……ん？」

そこで、下が騒がしいことに気付く。

一瞬、騎士団が乗り込んできたかとも考えたウォルスであったが、それは限りなく低いといえた。

騎士団であったなら、もっと騒がしくなるはずだから。

そう考えていると、書斎の扉が開かれた。

入ってきたのは血だらけの、屋敷の警備をしていた魔剣士である。

「一体何があった！」

「そ、それが突然黒い集団が乗り込んできて……」

「黒い集団？」

「はい。屋敷内の魔剣士で対応しているのですが、相手が強く倒されていく一方です」

「チッ！　まさか私が関係していることがバレたのか？」

「まだそこまでは……」

そして静かになった屋敷内。

聞こえてくるのはコツコツという足音が一つ。

ウォルスは近くに置いてあった愛剣を手に取り、報告に来た魔剣士も腰から剣を抜き扉の方へと構えた。

少しして扉がゆっくりと開いた。

それと同時、魔剣士は斬りかかった。

「わかっている」

そう聞こえ、魔剣士は斬り裂かれ床に倒れ伏す。

入ってきたのは黒衣の人物。

「何者だ？　ドグマではなかろう？」

「ご名答。我らはネグロヘイム」

「聞いたことがない。それに連れてきた仲間はどうした？」

「それを聞いてどうする？」

「貴様、名は？」

「ノワール」

「なら聞くノワールよ。私を知らないのか？」

その問いに、ノワールは答えた。

「知っている。ウォルス・マルケーゼ。かつて名を馳せた魔剣士ということくらいは」

「そうとわかって一人で来たのか？　この私を倒しに」

「そうだとも」

ウォルスの表情から感情が抜け落ちる。

「――なら後悔することだな」

ウォルスはテーブルを跳び越え一瞬で肉薄した。

ノワールへと頭上から振り下ろされた剣だったが、それはノワールによって受け止められた。

「――なっ!?」

ウォルスは驚愕で目を見開く。

普通に剣で受け止められたのなら驚きはしなかっただろう。

だが目の前のノワールと名乗った人物は、現役の時よりも強くなっているウォルスの剣撃を、人差し指と親指の腹で止めたのである。

「なん、だと……？」

「驚いたか？　魔力操作ができればこれくらいできるであろう？」

ノワールはさも当然かのように告げた。

「身体強化もした攻撃だ。防げるはずが……」

「話すのも無駄なようだな。ドグマの情報を吐けば楽にしてやる」

「――ぐぁっ」

ウォルスは一瞬で接近され首を掴まれ持ち上げられた。

「は、放せ、下衆が！」

ノワールは嗤う。

「何が可笑しい！」

「下衆とはお前のことだろう」

「何を言って……こんなことをすればドグマが放っておかない！　いいのか！　世界最大の組織なのだぞ！」

「世界最大の組織？　碌《ろく》でもないことを考える集団の間違いではないのか？」

「……いいのか？　この国の中枢はドグマが支配しているようなもの。逆らえば――」

「聞くに堪えん。情報を聞こうと思ったが貴様は用済みだ」

ノワールが手を離せばどさっと床に落ち、無様に尻餅をつく。

「逃げるのか!?　世界を敵にしているのと同じなのだぞ！」

「我らは逃げない。我らは我らの道を往《い》くのみ。それを邪魔するのなら、誰だろうと叩き潰すのみ。それが神であろうと」

ノワールはそう言って去っていく。

「私を見逃したこと後悔——……」

出ていってすぐ、ウォルスの首がズルリと崩れ落ちるのだった。

外に出るとヴァイスたちが待っていた。

「ノワール様、終わったのですか？」

「ああ。戻るぞ」

「はい」

ノワールの後ろに付き従うように歩く。

「どうやらこの国は中枢からドグマに乗っ取られているようだ」

「そのようです」

「だが我らのやることは変わらない。この世界の陰を統べるのみ。それだけだ」

そう言ってノワールたちはその場から消え去るのだった。

◇　◇　◇

王城は現在、慌ただしい様子となっていた。

夜にも限らず、謁見の間には国の重鎮たちが勢揃いしている。

そしてこの謁見の間の玉座に座る人物こそ、この国の国王であるフィリップ・フォン・レスティン、その人である。

見た目は三十代前半の男だが、その割には体格が良く、鍛えていることが目に見えてわかる。

フィリップは全員が集合したことを確認し口を開いた。

そこにはフェリシアやアリスティアの姿があった。

「面《おもて》を上げよ」

王であるフィリップの言葉により跪きながらも面々は顔を上げた。

「此度《こたび》はよく集まってくれた。皆の耳にも入っているだろうが、我が娘、アリスティアが攫《さら》われたが、フェリシアの手によって先程無事に救出された」

アリスティアが攫われたと聞いた貴族たちがどよめくも、フェリシアが連れ戻したと聞き「ご無事で何よりです」と安堵の声がかけられた。

「そして今回の首謀者だが、アリス」

「はい、お父様」

一歩前に出たアリスティアはその首謀者の名を告げた。

「今回の首謀者はウォルス・マルケーゼ子爵の子息である、ミハエル・マルケーゼによる犯行でした」

謁見の間が一気に騒がしくなるも、アリスティアの続きをフェリシアが話す。

「すぐにマルケーゼ子爵邸に騎士団を派遣しましたが、ウォルス子爵はすでに死んでおりました」

死んでいたと聞き、ヒソヒソと色々な声が聞こえる。

「もしや子爵が指示したのでは？」

「ありえるな。アリスティア様と息子のミハエルを婚約させようとしていたからな」

「結局は身分的に無理な話であったが」

そのような会話がそこかしこで囁《ささや》かれる。

フィリップの「静まれ」という声によって場が静かになる。

「フェリシアよ。まだ続きがあるのだろう？　私もそれしか聞いていない。話してくれ」

「はい」

フェリシアは続きを話す。

「マルケーゼ子爵邸に行きましたら一部の使用人以外の全て、子爵を含む者たちがすでに殺害されていたのです」

「なにっ⁉」

そんな声を漏らし思わず立ち上がる。

「フェリシア、それは誠か？」

「はい。残念ながら」

この場にいる貴族の面々もフィリップ同様に驚いていた。

「フェリシア様、それは本当なのですか？」

「はい。この目で確認しています。現在は騎士団で調査を行っているところです」

「そうですか、わかりました」

「ですが誰がなんの目的で……」

一人の貴族がフェリシアに尋ねた。

「子爵を殺した犯人の目星は付いているのですか?」

「ええ」

「一体誰ですか! 教えてください!」

貴族たちが正体を尋ねる。

言おうか迷っているフェリシアに、フィリップも聞きたいのかそのまま玉座を立ち上がり歩み寄る。

「教えてくれフェリシア」

「ここにいる者か?」

フィリップのその言葉にフェリシアは首を横に振って否定した。

「お姉様、もしかして……」

「アリス、あなたも奴を見たの?」

「……はい」

アリスティアの言葉に小さく「そう」と呟く。

「アリスもなのか?」

「はい」

「フェリシア、その人物は一体?」

「奴はこう名乗りました——」

その名を告げようとして背後から、深く深淵から響くような声が聞こえた。

　バッとその場の者たちが振り向くと、そこには玉座に座る黒衣の人物――ノワールと、その配下である六影が控えていた。

　突如現れたノワールとその配下。

「ノワール……」

　フェリシアが小さく名前を呟き尋ねる。

「……どうやってここへ？」

「それを教えたところで貴様らには何もできない」

　フィリップが玉座に座るノワールに告げる。

「そこは私の椅子だが？」

「そうか。それは失礼した。だが、思ったより快適だ。少し借りようか」

「ほう。王である私によくもそのような口が利ける」

　睨むフィリップに、ノワールは告げた。

「ならば王である貴様に聞くが、王とはなんだ？」

　問われたフィリップは答える。

「民に応え、国を導く者だ」

「確かにそうだ。だが王とは力だ。王として必要な力だ。貴様にはそれがない」

　言い切ったノワールに、フィリップは顔を歪める。

「力では人は付いてこない。そうではないか？」

ノワールはフィリップのことを、民を想う優しい人だと知っている。

だが、それではダメなのである。

今のこの国に、世界に巣食う闇は、その程度では滅ぼせない。

「そうかもしれないな。それと話を聞かせてもらったが、中々に楽しませてもらった」

「今回の犯行は全てお前、ノワールの仕業か？」

「子爵の件はそうだ。だがお前たちが理由を知るにはまだ早すぎる」

「まだ早い、だと……？」

一体この男は何を知っているのか？

「では我々はこれにて失礼しよう」

「逃げられるとでも？」

謁見の間に雪崩れ込んでくる近衛兵たちは、ノワールたちを囲み剣を向けていた。

「弱い、弱すぎる」

「弱いだと？　これでも精鋭の近衛騎子たちだ。嘘も大概《たいがい》にして投降しろ。ここに侵入できたのは褒めてやる」

フィリップの言葉に、玉座に座るノワールの、その後ろに控える六影が嘲笑する。

まるで無駄な抵抗をする者を見るかのように。

「やれ！」

「待ってください父上！」

そこにアリスティアが待ったをかけた。

「何故止める？　奴らはこの国の貴族を殺しているのだぞ？」

「彼らと戦ってはなりません！」

「どうしてだ？」

フェリシアが割って入る。

「父上、アリスの言う通り、奴と戦ってはダメです」

「フェリシアまで、どうしてだ？　奴らはこの国に牙を向けているのだぞ？」

「違うのです。私は直接彼らの実力は見ております。どれだけ悪だったとしても、正直、彼からすれば私ですら雑魚同然なのです」

「そんなはずは――」

突如玉座の間に流れる、黒く濃密な魔力とプレッシャーに全ての者が察した。

これは到底、人間の敵《かな》う相手ではないと。

尋常ならざる力を前にフィリップは青い顔になる。近衛も同様に武器をガクガクと震わせていた。

それでも武器を構えているのは騎士としての誇りなのか。

フィリップ以外も同様で、【剣聖】と謳われるフェリシアまでもが青い顔で震えていたのだ。

フィリップはフェリシアの言っていることが事実だと理解した。

青い顔で震えながらも、フィリップは口を開いた。

「い、一体……一体貴様たちは何者で、何を企んでいる」

「我らはネグロヘイム。闇を滅ぼし、陰を統べる者」

「闇を滅ぼす？　正義のつもりか？」

ノワールは仮面の下で嗤《わら》う。

「違うな。我らは正義でもなければ悪でもない。ただ我らは我らの道を往くのみ。それを邪魔する者は、誰だろうと潰す。それが国であろうと、神であろうとも」

そう言い残し、ノワールたちの姿は黒い魔力に包まれ消え去るのだった。

四章

アリスティア誘拐事件が終わって王都に平和が訪れ、いつもの日常に戻っていた。

学園に着いたテオたちに、担任は告げた。

「一週間後夏休みに入る」

その言葉にクラスの全員が喜々として喜びの声を上げた。

夏休み。それは学生にとって自由な時間。

テオにとっても嬉しかった。

担任は念を押すかのように、笑みを浮かべながら告げた。

「勿論課題はある。楽しみに待つことだな」

静まり返る教室。

その表情は、露骨に嫌そうな顔をしていたのだった。

それから学園が終わり家に戻ったテオの前に、セシルが笑みを浮かべて待っていた。

「お帰りテオ。夏休みに入ったらベントグルム王国の王都に行くから」

「そうなんだ。いってらっしゃい」

「何言っているのよ」

「……へ？」

「あんたもよ」

セシルの言葉にテオの思考が停止した。

頭の中では「どうして俺もなんだ？」と思考を巡らすがわからない。

「なんで俺も一緒に？」

「夏休みよ。遊びに行かないでどうするのよ！」

そこでテオは察した。

(なるほど。一人は寂しいと。それに荷物持ちが欲しいのか)

「嫌だよ」

「拒否権はないわ」

「なんの権限があってそんなことを――」

「姉権限よ！　父上と母上からは許可を貰っているわ！」

「強制、か……」

テオは項垂《うなだ》れるのだった。

それに行く場所はベントグルム王国。

農業が盛んな国であり、料理が美味しい国として評判は高い。

そのためか、他国からは美味しい料理を求めてやってくる美食家が多くいる。

「わかったよ。目的はやっぱり？」

「ええ。美味しい料理を求めて！」

「だよね。そうだと思ったよ」

「……何よ。文句でもあるの？」

セシルが頬を膨らませ、不満気な表情でテオの顔を覗き込んできた。

「文句はないんだけどさ、エリナも行くって言うぞ、絶対に」

「た、確かに……」

（というか……）

「エリナの存在、忘れていないよね？」

「…………」

セシルの額から冷や汗がダラダラと流れ落ちる。

テオはそんなセシルを見て溜息を吐く。

「忘れてたのか」

「わ、忘れてないから！　弟のくせに生意気よ！」

「はいはい。俺は部屋でゆっくりしているから」

テオは部屋に戻った。

そこに、二人のやり取りを見ていた存在がいたが、テオが移動するのと同時にサッと姿を隠すのだった。

テオは部屋でヴァイスたちを呼び、ベントグルム王国に向かうことを知らせた。

「わかりました。こちらでも準備を進めておきます」

「頼む。それと、それまでにこの国の陰を我らの手中に収める」

「御意」

そこへコンコンとノック音が響く。

「お兄様、よろしいでしょうか？」

テオとヴァイスたちが顔を見合わせる。

「どうやら妹が来たようだ」

「そのようですね。セシル様との話を聞いていたのでは？」

「まさか……」

「ふふっ、仲がいいのですね」

「兄弟だからな」

ヴァイスが笑い他の面々も笑う。

「では、エリナ様を待たせてますので、私たちはこれで」

「ああ、また後で」

ヴァイスたちが消える。

テオがエリナに声をかける。

「お兄様？　今いますか？」

「いるよ、どうした？」

「入っても？」

「いいよ」

エリナが部屋に入ってくる。

「あの、お姉様と話していましたよね？」

「……な、何を？」

「ベントグルム王国に遊びに行くって」

そこまで聞いてテオは「ああ、聞いていたのか」と察した。

「お姉様、私のことを忘れてたって……行きたかったのに……うっ、うぅ～……」

今にも泣きそうだ。

テオはそれを見て慌てて口を開いた。

「姉さんにエリナも連れていくように、俺からも頼んでみるよ」

エリナは満開の花のようにぱあぁと顔を輝かせた。

（ああ、俺の妹は可愛いな）

最強の帝王でも、妹の前ではただの兄バカである。

セシルのことだからダメと言いそうなことはわかっている。

そこでいいことを思い付いたテオは、エリナに話す。

「そうだエリナ」

「なんですか？」

「恐らく姉さんはダメって言う」

「そんな！」

「そこで、だ」

そう言って作戦を話し終えたテオとエリナは笑みを浮かべ、セシルの部屋に向かった。

「で？　エリナも連れていきたいと？」

「ダメかな？」

セシルの鋭い視線がエリナに向けられる。

エリナはビクッと肩を震わせた。

ここでエリナがしくじってしまえば全てが台無しとなる。

エリナは微《かす》かに、視線をテオに向けた。

視線に気付いたテオは頷いた。

「お姉様、ダメ、でしょうか……？」

「そんなもの。ダメなものはダ――」

セシルは見てしまった。

そう。

潤んだ瞳で懇願する、可愛い妹の姿を。

「――あ、当たり前じゃない。いいに決まっているわ！」

やはり、セシルも可愛い妹であるエリナには敵わなかったようだ。

そんなこんなで夏休み前の学園で、テオがアリスティアたちに行くことを伝えると……。

「いいな～、俺は家の手伝いだよ」

ヴェルメリオの言葉に他の面々も同じようだ。

違うと言えばアリスティアだけ。

「私は鍛錬ね」

「そうなのか？」

（もしかしてあの一件を気にしているのか？）

そう考えるテオだったが、どうやらその予想は的中していたようだ。

「自分の非力さ、弱さを味わったわ。姉様もいつもより訓練を多くしているようだし」

「へ～、まあ体調を崩さないように程々にしておけよ？」

「わかっているわ。でも、今より強くならないと、この先どうなるか私にもわからない」

妙に場の空気が重くなったのを感じた。

ヴェルメリオも感じ取ったのか「そうだ！」と声を上げた。

「今日で授業は最後だし、この後どっか食べに行かないか？」

その提案に、リーリアとハントも賛同する。

勿論テオも「いいね」と賛同する。

「アリスも行くか？」

「……そうね。行こうかしら」

アリスティアも行くということで皆喜ぶのだった。

授業が終わって少し、テオたちは王都の飲食店を探し歩いていた。

そこである店の前で足を止めた。

その店は王都でもここ最近有名になった店であった。

「ここって料金高くなかったか？」

リーリアの言葉にヴェルメリオとハントが頷いていた。

「ここ、王族でも中々予約が取れない店よ」

「マジか……」

人気すぎるということで、数ヵ月は予約待ちとなっていると聞きテオは戦慄する。

そこに、中からテオたちを見てか、店員が姿を現した。

一瞬テオの顔を見た気がした。

「ようこそ。ご予約の方ですか?」

「違うよ。立ち寄っただけだ」

テオが代表して答えると、女性店員はテオに口を開いた。

「もしかしてテオ・オスクル様ですか?」

「ん? そうだけど……どこかで会った?」

アリスティアたちの視線がテオに向けられる。

テオにもこの女性と会った記憶はない。

「いえ。この店の代表が、テオ様とお知り合いのようで」

怪しい、と思ったが、テオのことを知っているのはネグロヘイムだ。

「代表の名前を聞いても?」

「はい。代表はグリンという方です」

(グリン。もしかしてグリューンか?)

確信を得るためにテオはさらに質問をする。

「もしかして緑色の髪で背丈が高い?」

「はい」

「そうか。なら知り合いだな」

「お食事をされていきますか？」

「そうだな……てかできるのか？　予約制と聞いて、それに高いとも聞くが？」

テオの言葉に店員、いや——配下は口を開いた。

「問題ありません。代表からはテオ様がいらしたらすぐに通せと言われております。代金は要りません」

「わかった。みんなそれでいいか？」

振り返ると、ポカーンと口を開け呆《ほう》けていた。

テオの声で気付き、ハッと意識を取り戻す。

「マジかよ、テオ……」

「一体どんな繋がりよ……」

ヴェルメリオとアリスティアの言葉にうんうんとリーリアとハントが頷く。

(配下、とは言えないな)

「まあ、とりあえず中に入ろうか」

こうしてテオたちは中に入るのだった。

このグリン、もといグリューンが開いた店の名は【ユートピア】。

どのような意味があってこの名を付けたかは知らない。

だが、グリューンの手掛ける料理はこの王都で、国で、世界各国が絶賛するほどの美味しさを誇る。

席に着いたテオたちの元に、シェフ姿に変装しているグリューンがやってきた。

「テオ様、お久しぶりです」

「ああ。まさかグリンがこの店の経営者なことに驚いているよ」

「ははっ、何を仰いますか」

テオとグリンは他愛もない会話をし、話題は同席しているアリスティアたちに移った。

「こちらがテオ様のご学友ですか？」

「そうだよ」

テオがそう言って視線を促す。

そこでその意味を察したアリスが席を立ち自己紹介をする。

「初めまして。アリスティア・フォン・レスティンです。この度はありがとうございます」

「俺はヴェルメリオ・スカラートです」

「リーリア・パルメルです」

「ハント・グリュックです」

「初めまして。ユートピアの代表兼料理長のグリンと申します。王族であるアリスティア様にも私の店を知っていただき光栄です。今回はテオ様のご学友ということで、代金は必要ありません。ご存分に楽しんでいただけたらと」

グリンは片手を胸に添え一礼する。

リーリアがグリンに尋ねた。

「いつテオと知り合ったんですか？」

「そうですね……」

グリンがテオの顔を一度見てから話し出す。

「私がまだ旅をしながら料理をしていた時です。丁度この王都に来てお金に困っている時、快く貸していただいて、なんとか店も開くことができた次第です」

よくその場の思い付きで言えるな、と思いつつも話を合わせるために口を開く。

「グリンが店を開いたと聞いて驚いたよ。早く言ってくれれば食べに行ったのに」

「近々ご挨拶に赴く予定でして……」

「そうか。今度は家族で寄らせてもらうよ」

「はい。いつでもいらしてください。席は空けておきます」

「助かる」

グリンにアリスティアが質問をする。

「そう言えばここの食材、唯一シュトルツ商会が卸している店と聞きました」

「はい。その通りです。実は贔屓《ひいき》にしていただいておりまして」

「あの商会が卸すということは、そこまで信頼されているということね」

「ありがとうございます。では私は料理の方へと戻らせていただきます」

再び胸に手を添えて一礼をしたグリンは去っていった。

そしてテオに質問が飛び交う。

「なんで知り合いの店って言わなかったのよ?」

「なんでと言われてもなぁ、本当に知らなかったんだよ」

「ふ〜ん。まあいいわ。料理が楽しみだわ」

アリスティアの言葉に全員が頷いた。

しばらくして運ばれてきた料理を前に、テオたちは舌鼓《したつづみ》を打つのだった。

◇◇◇

王城のとある訓練場にて、一心不乱に剣を振るう人の姿があった。

長いプラチナブロンドの髪が剣を振るうのに合わせて靡き、青い瞳はただ真っすぐ前を捉えていた。

その人物の名はフェリシア・フォン・レスティン。またの名を【剣聖】。

レスティン王国第一王女であった。

(まだ、まだあの剣には遠く及ばない)

フェリシアが心の中でそう思う人物。

それはアリスティアが誘拐された際、王都に混乱を巻き起こした強化人間との戦闘。

一人一人が強く、複数相手に苦戦していた。

そこに現れたのが【ネグロヘイム】を名乗る謎の集団だった。

その者たちは圧倒的な実力で、自分が苦戦していた敵を一瞬で倒したのだ。

最後にノワールと名乗る人物が見せた華麗で美しい剣技と、配下だろう者たち以上の圧倒的なまでの魔力。

まったく勝てる気がしなかった。

自分は世界でも指折りの実力者であると自負している。

そこから来る悔しさと無念さ。

最後には、いとも容易く城内に侵入されたのだ。

悔しくてたまらなかった。

あの一件以来、フェリシアはさらに訓練をキツくし、今よりも強くなろうと努力を始めた。

「一体、何が起きて……」

今まで潜んでいた実力者集団の出現。

フェリシアは嫌な予感がするも首を横に振り、邪念を捨て去る。

（今は集中よ）

そこからさらに一心不乱に剣を振るう。

そんな姿を、物陰から見ている人物がいた。

フェリシアの妹であるアリスティアだ。

「お姉様……」

アリスティアも姉であるフェリシアがあの一件以来、己に厳しく当たっていることが心配だった。

強くなろうと努力する姉の姿を見たアリスティアは決心する。

「私ももっと強くならないと……あの王国最強の魔剣士であるお姉様の背中を守るに、相応《ふさわ》しい魔剣士に……！」

アリスティアは決意をし、フェリシアの元に走り、共に訓練に参加するのだった。

◇　◇　◇

学園も終わり長期休暇となった。それまでにレスティン王国に巣食うドグマは殲滅《せんめつ》した。

今では王国はネグロヘイムの支配下である。レスティン王国もネグロヘイムを危険視し、その首に懸賞金がかけられていた。

そんなこんなで長期休暇の期間は一ヵ月ほどあり、課題さえ終わっていれば悠々自適に満喫できる——はずであった。

テオは現在、セシルの監視の下、出された課題と向き合っていた。

「いい？　今日中に終わらせるのよ？　私が目を離した隙に寝でもしたら許さないから」

「わかってるよ」

実際、テオにとって出された課題はすぐに終わるレベル。

時間で言えば一時間で終わるだろう。だが、それをしてしまうと怪しまれてしまうので、ゆっくりやる他ない。

「お兄様、頑張ってください！」

エリナがテオを応援する。

が、セシルの視線がエリナにも向いた。

「……ほへ？」

呆けるエリナ。

「ど、どうしたのですかお姉様……？」

「エリナ。あなたは外で訓練よ。大丈夫、私が見ていてあげるから」

「……お、お兄様、助けて――」

「これも修行のうちだ。頑張れ」

振り向かずに親指を立てるテオに、エリナの「そんなぁ～!?」という声が屋敷に響いた。

こうしてテオは一日で課題を終わらせるのだった。

◇◇◇

テオは現在、セシルとエリナと一緒にベントグルム王国の王都に馬車で移動していた。

配下はすでに動いていた。

(もう動いているとは、手が早いな)

配下の手際の良さを内心で褒《たた》め称える。

馬車に揺られ心地良い風が通り過ぎる。

「お姉様、盗賊とかは大丈夫なのでしょうか?」

「大丈夫よ。街道沿いは騎士団が巡回しているから」

「そうなのですか」

(まあ、要らないとは言ったが、俺の配下も一緒に護衛として移動しているから、移動中に盗賊は出ないがな)

テオは寄りかかり目を閉じるのだった。

数日経過し、テオたちは王都に到着した。

「わぁ〜、お姉様、お兄様、綺麗な街です！」

「そうね」

「だな。綺麗な街だ」

王都を眺めた三人は、宿を取って王都を観光することに。

目的は勿論『食』である。

「お姉様、お兄様！　あそこのお店から美味しそうな匂いがします！」

「――エリナ、行くわよ！」

二人は店に向かって走っていく。

そこで二人が振り返った。

「「テオ（お兄様）早く行くわよ（行きますよ）！」」

「あ、ああ、行くよ……」

テオは後を追っていく。

そこから何店舗も行っては食べてを繰り返す。

「お、おい二人とも……」

「なに？」

「どうしたのですか、お兄様……？」

テオの言葉に両手に食べ物を持ちながら振り返った。

そして再び口に含み、もぐもぐしながらテオを見つめる。

その表情は「早く言ってよ」と訴える。

テオは先程から抱いていた疑問を二人に尋ねる。

「なあ、どれだけ食べれば満腹になるんだ……？」

テオの言葉にセシルとエリナは、一度顔を見合わせてから再びテオを見た。

「美味しいんだから大丈夫よ！」

「そうです！　美味しいならたくさん食べられますもん！」

「は、はぁ……」

（一体どこにその量が入るんだ？）

これはテオにとって一生の謎となるのだった。

それから夜まで、三人は王都の露店を食べ歩くこととなる。

その日の夜。

テオは王都の建物の屋根に立っていた。

その背後には黒い人影が跪いている。

「――情報は？」

「ハッ。現在配下を散らばせ情報を収集しております。少しきな臭いです」

「きな臭い？」

「民衆が今の政治体制に不満が溜まっているようです」

「というと、クーデターの可能性が？」

「恐らくは」

「わかった。探れ」

影は闇へと消え去った。

テオはそのまま王都の夜空を見上げる。

「どこから見ても、星空は同じか……」

夜空に広がる星空を見上げながら、そう呟く。

そしてベントグルム王国王都は、少しずつ動きを見せ始めるのだった。

◇◇◇

——ベントグルム王国王城にて。

「何っ⁉　それは本当か！」

声を荒らげた恰幅《かっぷく》の良い男、国王ガイル・ヘン・ベントグルムが跪き報告する兵士にそう告げた。

「はい。このままではクーデターが起こるかと思われます」

「そう、か……下がってよい。後程指示を出す」

「はっ！　失礼します」

残された部屋にて、ガイルは数名の家臣と共に考える。

「どうする？　このままクーデターが起これば周辺諸国に攻め込まれる可能性がある」

「ですがクーデターが起きてもすぐに鎮圧できるのでは？」

「できたとしても被害は大きくなるだろうな」

口々に話し合う。

結局は王都の警備を厳重にするということになり解散となった。

その頃、とある場所にて。

「計画の方は？」

低い男性の声に、一人の人物が答えた。

「はい。順調に進んでおります。ですが、すでに国には気付かれたと思った方がよろしいかと」

「だろうな。奴らには手を回したのだろうな？」

「ご指示通り伝えて参りました。明日には準備に入るかと思われます」

「うむ。では引き続き手回しを頼む。決行は今から一週間後に行う」

「了解です。皆にそのように伝えておきます」

そう言って去っていき、部屋には男一人となった。

男は椅子に座りながら黒い笑みを浮かべる。

「これでこの国は我らの物になるも同然。後は計画通り進めば……」

部屋に男の不気味な笑い声が響いた。

こうしてベントグルム王国王都にて、クーデターの計画が着々と進みつつあったのだった。

「姉さんにエリナ、昨日あんなに食べたのにまだ食べるのか……？　それに朝からこんな肉を……」

テオもさすがに朝からガッツリは食べれない。

それに対して、セシルとエリナはバッと振り向いて息ぴったりに答えた。

「「当たり前よ（です）！」」

テオはガックシと肩を落とす。

そのままテオも二人に付き合うこととなる。料理以外にも買い物に付き合わされ、案の定荷物持ちとなった。

二人の買い物の最中、テオが外のベンチに座ると、その背後に誰かが座った。

フードを被ってはいるが、テオにはその人物が誰かわかっていた。

「イリスか」

「はい。テオ様」

「何か情報を掴んだのか？」

「この王都でドグマの最高幹部、【ナンバーズ】の一人が何かを計画しているようです」

「それがなんなのか掴んでいるか？」

「すみません。まだ……」

イリスが申し訳なさそうな表情になる。

「気にするな。イリスを責めているわけではない。昨日の今日でよくここまで情報を集めた」

「――ッ！　はい」

小さい声だが、元気な返事が返ってきた。

「引き続き頼んだ。期待している」

「お任せください」

ブンブンと元気に尻尾を振る。テオには見えないが、気配で喜んでいるのがわかる。

「では失礼します」

イリスは立ち上がり人混みへと消えていった。

(ドグマの幹部、か……)

顎に手をやって考えていると、テオを呼ぶ声が聞こえた。

「テオ!」

「お兄様!」

前を向くと、二人が両手に荷物を持ってテオの方に歩いてきていた。

「座ってないで早く荷物を持ちなさいよ!」

「お兄様、休んでないで持ってください!」

「それくらい自分で――」

「「持つの(です)!」」

「……はい」

やはりテオは夕方まで荷物持ちとなるのだった。

テオたちがベントグルム王国王都に到着して早一週間。

それまでにヴァイスから続々と報告を受けていた。

「現在ベントグルム王国は、いつクーデターが起きるか気が気ではないようです。今もこうして兵の巡回を多くして警戒に当たり、クーデターを回避しようとしている動きを確認しています」

ヴァイスの報告にテオは頷いた。

「だが相手にはドグマの幹部がいる。恐らく回避は不可能だろう」

「私も同感です。レスティン王国に帰りますか?」

ヴァイスの言葉にテオは首を横に振った。

「いや、姉さんとエリナはまだこの事態に気付いていない。王都の動きから恐らく明日には気付くだろうな」

テオとヴァイスの視線が街を見下ろす。

王都だと言うのに夜は異常に人が少なく、昼間に出歩く人数も当初よりも激減している。

今日の昼もセシルが「やけに人が少ないわね」と言っていたことから、この異変に気付き始めていた。

「いかがいたしますか?」

ヴァイスの問いにテオは少し考えたのちに答えた。

「姉さんの判断に委ねるしかないな。俺からそれとなく忠告はしておく。引き返すにしても、ドグマは放置できない。必ずこの手で潰す」

「はっ。では我々も人員を配置しておきます。何かあればすぐにご連絡を」

そう言ってヴァイスは霧散するようにして消え去った。

一人残ったテオは、夜空を見上げながら呟いた。

「せめて姉さんとエリナだけでも帰ってもらいたいところだ」

(姉さんのことだ。事態を知ったら協力したいと言い出すだろうな)

——翌日。

思ったより早く事態は動いた。

いつものように外に出かけたのだが、人がほとんどで歩いていない。

「前々から少ないとは思っていたけど、何が起きているの？」

セシルはこの異常な光景を前にそう呟いた。

「お姉様、どうしますか？」

「姉さん、一度宿に戻った方がいいかもしれない」

「う、うん。そうよね。早く戻りましょう」

戻ろうとするテオたちの前に、数名の武器を携えた者が現れ道を塞いだ。

「……なんのつもり？」

背後を確認しようとするセシルに、テオは小さな声で教える。

「四人だ、姉さん。武器は剣。見た感じ手練《てだ》れではなさそう」

テオの言葉にセシルは静かに頷く。

「エリナを連れて逃げられる？」

「……姉さん？」

「私が相手するわ」

「この人数相手に無茶だ。身体強化すれば逃げられる」

「お姉様、一緒に逃げましょう！」

テオはこの場で最も逃げられる作戦を提案する。

「三人で一気に穴を作って逃げる。抜けてすぐに屋根に跳び移り宿まで逃げよう」

テオの提案にセシルは少し悩んだ結果頷いた。

「わかったわ。合図は私が出す」

テオとエリナはその言葉に頷いた。

クーデター参加者がテオたちに向けて口を開いた。

「見た感じ他国の学生か？　大人しく捕まってくれれば危害は加えないつもりだ。武器を捨てて降伏しろ」

「断るわ」

「……何？　状況がわかっているのか？」

その言葉にセシルは答えた。

「わかっているわ。武装した集団、十人に囲まれていることくらいは」

「なら――」

「でも断るわ」

「……そうか」

武器を構える敵。

そんな敵にセシルは質問をした。

「聞かせて。あなたたちは何が目的なの？」

「王族の抹殺」

王族の抹殺と聞きセシルとエリナは驚いた。

「そんなことをすれば国が崩壊するに決まっているでしょ！」

「お姉様の言う通りです。そうしてしまえば他国から攻められるのに……」

「何を言っている。これは革命だ！　無駄な政策ばかりをする無能な王族を殺し、俺たちが幸せに暮らせる国を作る革命なのだ！」

「……そう」

セシルは剣を強く握り締め敵を見つめた。

セシルはテオとエリナに小さく告げる。

「前に突っ込むわ。私が真ん中を。テオはその左、エリナは右を頼むわ。できるだけ殺さないように」

セシルの言葉に二人は頷いた。

そしてセシルは合図を出す。

「──今よ！」

セシルの出した言葉を合図に、テオたちは正面へと突っ込んだ。

一瞬で詰め寄ったセシルは正面の男が振り下ろした剣を避け、腹部目掛けて剣の柄を当てた。

男は剣を地面に落としそのまま地面に倒れ気絶する。

気絶させるほどの力がないエリナは、振り下ろされる剣を避け、低姿勢のまま男の足の腱《けん》目掛けて剣を振るった。

「あがっ」

そのまま腱を斬られた男は地面に倒れた。

テオは振るわれる剣を手に持つ剣で逸らし、セシル同様に鳩尾《みぞおち》に剣の柄を強く打ち込んだ。

男は「うっ」という声を上げ気絶し地面に倒れた。

テオたちはそのまま強化された身体で屋根の上に跳び上がり、屋根伝いに逃走する。

「待ちやがれ！」

振り返ると三名の魔剣士崩れだろう者が追いかけてきていた。

「どうする姉さん？」

テオに尋ねられたセシルは、返り討ちにしようかとも考えたが、頭を振って拒否した。

不意打ちなら勝てるにしても、正面切っての戦闘はテオとエリナにはキツイと判断したからだ。

「このまま撒《ま》くわ」

「わかった」

「はいっ」

セシルの後に続き逃げること数分。

テオたちは無事、追っ手を撒くことに成功した。

その後、追っ手はヴァイスたちによって始末された。

そのまま走って宿に戻ろうとしたところに、テオが待ったをかけた。

「どうしてよ？」

疑問に思ったセシルはテオに聞いてきたが、戻ってはならない理由を二人に話す。

「その宿の主がクーデターに参加していないとは限らないからだよ」

「……確かに」

「ですね」

テオの言葉に同意し頷く。

「ここは王城に行った方がいいかもしれない」

宿にはほとんど荷物を置いていない。

あるのは着替えの衣類とお土産ぐらいだ。

セシルはテオの提案に頷いた。

考えてもそれしかないからである。

「でもどうやってクーデターに参加していないと言えばいいのよ？」

「姉さん、騎士団の仮入団なら、何か貰ったりしてない？」

「そんなのあるわけ――……」

そこで言葉を止めた。

セシルは先程まで使っていた剣を見て口を開いた。

「これならどう？」

セシルは剣を見せる。そこにはレスティン王国の紋章と騎士団の紋章の二つが彫られていた。

「それならいけるかも。仮にも王国の人物だからって保護してくれる可能性がある」

「そうね」

「さすがですお兄様！」

「では早く行きましょう」

セシルの言葉に頷き二人は返事を返す。

そのまま王城に向かい、しばらく走って王城の門前に到着した。

門は数名の兵によって守られていた。

だが、変なのはクーデターが起きているにも関わらず、門の守りが少ないことだ。

歩み寄るテオたちに気付いた兵が武器を構えた。

「止まれ！　ここから先は陛下が住まわれる城だ。引き返せ」

兵士たちは一斉に武器の剣と槍を構える。

セシルが教えた。

「今、王都でクーデターが起きています」

「……何？」

「嘘も大概にしろ！」

嘘だと思われ敵意を向けられる。

だがそこへ、兵士の中で年長だろう中年の男がテオたちに尋ねた。

「待て、お前たち」

「兵長どうしたので？」

「上から近々クーデターが起きる可能性があると聞いている。もしかしたらこの者らが言っていることは本当かもしれない」

「そんな馬鹿なことが……」

兵は信じていないようだが、兵長と呼ばれた男の表情は真剣だった。

だから兵長は事実を確認する。

「事実なのか？」

「はい。それに私たちはレスティン王国の学生です。私はレスティン王国の騎士団に仮入団の者ですが」

そう言って鞘ごと兵長に剣を見せる。

「剣がどうし――これは⁉」

兵長の目が大きく見開かれた。

鞘を手に取りまじまじと観察し、セシルに剣を返す。

「確かにレスティン王国の紋章と、白薔薇《しろばら》騎士団の紋章が描かれている」

「本当ですか⁉」

「ああ」

「盗んだ可能性は？」

部下の言葉に首を横に振る。

「その白薔薇騎士団の紋章は、あの【剣聖】が団長を務める騎士団の紋章であり、二つの紋章が入っている剣はそう易々《やすやす》と入手はできない代物だ。剣は紛れもない本物。仮入団ということだ。【剣聖】の騎士団に新しく入る団員が他国で殺されたとなれば、戦争に発展する可能性だってある。下手に追い返すこともできない」

思ったより兵長が冷静で、尚且つ判断ができる人でテオたちは安堵する。

もし追い返されたとなれば、テオはセシルとエリナを先に返すつもりだ。

「では話を信じてくれるのですか？」

「俺は信じたいが、上に報告をする。一緒に付いてきてもらえるか？」

「はい」

「ではこちらだ。お前たちも剣を収め、警戒に当たれ」

「「ハッ!!」」

そう言って兵長はテオたちを王城の中に通した。

そのまま中に入り、手続きをする。

すぐに手続きが終わり、現在謁見の間にて話し合いが行われていることから、そのまま通せとのことだった。

「え、謁見の間に、ですか!?」

エリナが謁見の間と聞いて驚きの声を上げた。

セシルが尋ねる。

「何故謁見の間なのでしょうか？」

「それは、今回のクーデターが国で問題視されているからだ」

「やはり……謁見の間ということは国王陛下にお会いするのですか？」

「そうだ。他にも大臣たちもいる。礼儀だけは他国の者でも弁《わきま》えてくれ」

「わかりました」

こうしてテオたちはベントグルム王国の国王と会うことになった。

テオたちは現在、ベントグルム王国国王、ガイル・ヘン・ベントグルムの御前にて跪いていた。

「面を上げよ」

三人はガイルの言葉に、身体はそのままに顔を上げた。

大臣たちの視線がテオたちに向けられる。

「余はペントグルム王国国王、ガイル・ヘン・ペントグルムである。そなたらに問う。クーデターが起きたというのは事実か？」

代表でセシルが緊張しながらも答えた。

「私はセシル・オスクルと申します。この二名は弟と妹です。それと先の件に関してですが、事実です。宿への帰路で、十名の武装した集団に襲われました。事実を確認したところ、『クーデターではない。これは革命だ』と申しておりました」

にわかにざわつく謁見の間。

ガイルがそれを手で制し、再び質問する。

「君たちは学生と聞いている」

「はい。私と弟は王都ミッドガルズ魔剣学園の学生です」

「そうか。それとあの【剣聖】が所属する白薔薇騎士団に仮入団していると聞いたが？」

「はい。こちらが証拠です」

そう言ってセシルは腰から剣を鞘ごと抜いて差し出す。

近くにいた近衛がそれを受け取り、ガイルの元に持っていき差し出した。

ガイルは近衛が持ってきた剣を手に持ち、まじまじと観察する。

「確かにレスティン王国の紋章と白薔薇騎士団の紋章が描かれているな。入団した者にしか騎士団の紋章と国の紋章が描かれたこの剣は渡されない。それに白薔薇騎士団は入団条件が厳しいと聞く」

セシルはガイルの言葉に頷く。

「はい。【剣聖】フェリシア・フォン・レスティン様から直々に勧誘されました。卒業後は入団すると決めており、フェリシア様も早めに剣を渡してくださいました」

「剣聖が直々に……つまりはそれほどの実力者ということか」

「恐縮です」

そこでガイルはクーデターの話に戻す。

「で、クーデターの件だ。『革命』と言ったのは事実か？」

「はい」

「他に何か言っていなかったか？」

セシルが言葉に詰まる。

言ってもいいのか迷っているのだ。

仮にも「国王陛下及び王族の命が狙われている」とは、他国の者がそう易々とは言えない。

言い淀《よど》んでいるセシルを見て、テオが代わりに口を開いた。

「私が姉に代わって話しましょう」

「ほう。名は？」

「テオと申します」

「ではテオ、話せ」

テオはクーデターの者たちが何を企んでいるかなどを事細《ことこま》かに話す。

「なんと、陛下のみならず、王族全員を……」

一人の大臣が呟いたその言葉は、その場の誰もが思ったことだった。

「陛下！　今すぐご家族共々ご避難を！」

「そうです。陛下がおられなくなっては誰がこの国を！」

誰もがガイルに、王族を連れて逃げろと進言する。

だが、ガイルはその言葉を否定した。

「私は逃げない。逃げるのは私の家族たちだけで十分だ。この一大事に、王である私が一早く逃げたとなっては家臣たちのみならず、兵や臣民に示しがつかん。それだけはダメだ」

断固として拒否する意を示した。

国を思うガイルの言い分は誰もがわかる。だが、この場の誰もがガイルの身を案じているのも確かだった。

「……わかりました。ではせめて近衛五名を護衛として付けます。それでご勘弁を」

「うむ。致し方ない。では直ちに防備を固め、手の空いている者たちはクーデターの鎮圧を開始せよ！」

「「「御意!!」」」

こうして事態は急速に動くこととなった。

慌ただしく動き始める謁見の間に、ガイルに向けて声が発せられた。

その声の主は――セシル。

「ガイル国王陛下！　私も参加させてください！」

セシルの言葉にその場の誰もが視線を向ける。

「ならぬ」

「何故ですか！　私なら十分に役に立ちます！」

「どうしてだ？」

「どうして、とは……？」

セシルは意味がわからず聞き返す。

「お主たちがこのクーデターに巻き込まれて死んだとなれば、レスティン王国はそれを理由に戦争を仕掛けてくるかもしれないのだぞ？　クーデターで疲弊した我が国に攻め込まれたら一巻の終わりだ。それに私は【剣聖】から恨みを買いたくはない」

「ですが！」

「何がお主をそこまで駆り立てる？」

「それは……」

言い淀むセシルにガイルは続ける。

「お主たちにとって利益は何もないはずだ。それに弟のテオと妹が巻き込まれるとわかっていてか？」

「利益など要りません。ただ、目の前で救える人が亡くなるのを見たくない、それだけです。テオとエリナは巻き込みません。先にレスティン王国に帰します。私一人だけでも残って戦わせてください！」

そこで今まで黙っていたエリナが声を上げた。

「お姉様！　さすがに私とお兄様だけ帰れなんて……陛下、私も一緒に戦います！」

「碌に対人戦をしたこともないエリナがいたって、ここでは足手まといにしかならないのよ。それにテオだって実力はイマイチ。わかってエリナ」

（実力がイマイチ、というのは少しモヤっとするな……まあ、わざとそうしているから何も言えないが……）

少し傷付いてしまう。

そこそこ強いと言ってくれればよかったが、姉であるセシルに過度な期待はダメだ。

エリナはセシルに正論を言われ何も言えない様子。

そのやり取りを見て、ガイルはどうしようかと悩み、テオとエリナに尋ねる。

「テオとエリナといったな？」

「「はい」」

テオとエリナはガイルの方に顔を向ける。

「二人はどうしたい？　姉と共に戦いたいか？　それとも帰りたいか？」

それを聞いてエリナはテオの方を見る。

なんて答えるか迷っているようだったが、テオの答えは決まっていた。

「確かに姉さん一人をこの国に残すのは不安です。それにまだ対人戦に慣れていないエリナを戦闘に参加させるのも納得ができません」

「ふむ？」

「一つお聞きしたいのですが、よろしいでしょうか？」

「うむ」

「姉さんは戦わせてくれるのですか？」

ガイルは無言でセシルの方を見て、真剣な眼差しが向けられた。

それを見てガイルもどうするかを決めた。

「わかった。セシル殿は参加させよう」

セシルは参加の許可をもらい「ありがとうございます！」、と頭を下げお礼をする。

ガイルはテオとエリナを見て問う。

「と、いうことだ。二人はどうしたい？」

「妹のエリナは後方支援、私も無理をしない範囲で、前線で戦います」

「テオ!!」

「お兄様！」

テオの提案に、セシルとエリナから驚きの声が上がる。

「勿論、身の危険を感じたらすぐに引きます。いかがでしょうか？」

セシルその言葉を聞いて安堵の息を吐く。

「なら私も――」

「エリナはダメだ。危険すぎる。十分な経験もなしに前線は辛い。わかってくれ」

「お願いエリナ」

「……わかりました」

さすがに何も言えないエリナはシュンとした表情となる。

「テオの提案、聞き入れよう」

「「陛下!?」」

周りからは驚きの声が聞こえる。

「仕方がないだろう。緊急事態だ。少しでも戦力が欲しいのは皆も同じであろう?」

「ですが他国の、しかも隣国のレスティン王国の者ですよ!?」

「国を守るためだ」

「陛下がそう仰るなら……」

大臣は引き下がる。

他の者たちも戦力は多い方が良いと納得してくれた。

「ということだ。だがくれぐれも、国の内情を知ろうとはするな。良いな?」

「はい。そこは弁えております。他国の、それも貴族です。そのような真似はいたしません」

「うむ。では一室を貸し与える。そこを使うといい。後で部屋に使いの者を向かわせ指示を伝える。

それまではゆっくりしていてほしい」

「はい。ありがとうございます」

「感謝をするのはこちら側だ。では」

そうしてテオたちはメイドの案内により部屋に通された。

「いい、テオ? 引き際だけは間違えないでよね?」

「勿論だよ」

「エリナも。決して無理だけはしないで」

「はいです」

テオとエリナの返事を聞いたセシルは満足気な表情で頷いた。

「姉さんも無理だけはしないで」

「わかってる。指示に従うわ」

「ああ、そうしてくれ」

近くにいたメイドがお茶を淹《い》れ下がる。

淹れてもらったお茶を飲みながら、今後の予定を話す。

「これが終わったら帰るわ。もう十分に満喫《まんきつ》したから」

「それが一番だね」

「ですね」

三者三様で同意見であった。

テオはこれからどうするかを考えていた。

配下からの報告も、部屋にセシルとエリナがいるこの状況では聞けない。

テオはセシルとエリナと一緒に今後の予定を話し終え、一度部屋を後にしようと席を立つ。

「どこに行くの？　他国の王城であまり迂闊な行動はやめなさい」

「トイレだけど」

「なら早く戻ってきなさい」

「は～い」

部屋を出てメイドにトイレの場所を聞き向かう。

クーデターが起きているからなのか、城内は慌ただしい。

人目がない瞬間を狙い王城の外に一瞬で抜け出し、そのまま王城の屋根上に降り立った。

「テオ様」

「情報は？」

テオの正面でヴァイスが跪く。

ヴァイスは集めた情報を伝える。

「現在クーデターは王都の各地で起きています。指揮しているのはドグマの幹部のようですが、所在が掴めておりません」

「掴めていない？　今動員している配下の数は？」

「六影は私含めた全員が動員済み。その他配下は四十名動員し情報の収集をしております」

「そうか。王城の方は？」

「それがまだ……数名は送り込んではいるのですが……」

「わかった。こちらでも探ってみよう」

「情報収集は私たちの仕事なのに任せてしまいすみません」

申し訳なさそうに謝罪する。

「気にするな。お前たちは十分に仕事をしてくれている」

「ありがたきお言葉」

「それと姉さんとエリナの護衛は任せた。俺も今回の戦闘に参加することになった」

「参加、ですか？」

「ああ。適当なタイミングで抜け、そちらに合流する」

「ハッ。私たちはドグマの殲滅でよろしいでしょうか？」

「そうだ。クーデターに乗じてドグマの者たちを始末しろ」

「皆にそのように伝えます」

「俺が戻るまでの指揮は任せた」

「ハッ」

そうしてヴァイスは消えた。

テオは急いで部屋に戻ることに。

「遅いですよお兄様！」

「そうよ。いくらトイレでも長すぎよ」

（少しヴァイスと話し込んでいたか……）

「道に迷って……幾つも部屋があるからわからなくなったんだ」

「気を付けないさよ」

「そうですよ。緊急事態なのに少し気を抜きすぎですよ」

「すまん。反省してる」

しばらくしてメイドによって夕食が運ばれてきた。

「お部屋での食事となりますが、ご了承ください」

「いえ。まさか夕食があるとは思ってもいませんでしたので、助かります」

確かに夕食が出されるとは思ってはいなかった。

あっても朝食くらいだろうと思っていたからだ。

「いえ、この国とは関係ないのに協力してくださるということで、陛下からも丁重にもてなせと申し付けられております」

「そうですか。ガイル陛下にはありがとうございますとお伝えください」

「わかりました。では失礼します」

こうしてテオたちは夕食を食べ早々に寝るのだった。

その晩、テオは黒衣を身に纏い、気配を消して王城を徘徊《はいかい》していた。

目的は、王城内にドグマの関係者がいるかもしれないと思ったからだ。

途中何人かの配下の気配を捉え、分担し王城内で情報を集めることとなった。

テオは一人、各部屋を回っていき書類などに目を通していく。

「これは……?」

とある大臣の執務室から、一通の手紙を発見した。

差出人は不明だが、この手紙を受け取っただろう人物の名前はエドガー・ハイネスというようだ。

取り出し内容に目を通す。

そこに書かれていた内容に目を見開いた。

「なるほど。コイツがドグマと繋がっていたのか」

その瞬間、部屋の外に人の気配がした。

数は二つ。

どうやらテオのいる部屋に向かっているようだった。

手紙を元の場所に戻し気配を消し隠れる。

ガチャリと扉を開く音がして入ってきたのは、ガタイの良い三十代前半の男と近衛兵の姿。

「エドガー軍務大臣、話とは？」

（大臣？　どうして大臣なんかがこんな時間に近衛兵と一緒に……？）

椅子に腰を掛けエドガー大臣は近衛に告げる。

「そのことだが、二日後に作戦を決行する」

エドガー大臣のその言葉を聞いて、近衛が笑みを浮かべる。

「ついにですか」

「ああ、この国を我らのモノにする時だ」

テオはそこまで聞いて察した。

（コイツがドグマの最高幹部であるナンバーズの一人。そして近衛は部下というところか）

二人の関係がわかり、この場で殺そうかとも一瞬考えたものの思いとどまった。

ここで殺せば明日には二人の死が発覚するだろう。

疑われるのはテオたちと、内通者ということになる。

「では城にいる部下に知らせておきます」

「よろしく頼――む？」

そこでエドガーが異変に気付き、周囲を見渡す。

「……どうされたのですか？」

「何者かに見られた気がしたが……」

「気のせいでは？」

　鋭い視線が近衛に突き刺さる。

「この私が間違っているとでも？」

「い、いえ違います！　申し訳ございません！」

（強いな）

　エドガーが相当な実力者ということに、テオは気付いた。

　しばらく周囲の気配を探るエドガーだったが……

「どうやら気のせい、か。そもそもナンバーズであるこの私が気付かないはずがない」

「仰る通りかと」

「では話を続けよう」

　それからしばらく話が続く。

「奴らも嘘とは知らず、それを信じてクーデターを起こすとは。所詮は下民。捨て駒に使ってやることを感謝してほしいものだ」

「捨て駒、ですか」

「違うか？」

「いえ。何も考えず動く奴らが間抜けでたまりません」

「ふん。まあ良い。だが問題はレスティン王国の学生だ」

　そこで話はテオたちの話題に移った。

「あの三名ですか？」

近衛の言葉にエドガーは頷いた。

「いかがいたしましょうか？」

「この際だ。死んでもらおう」

「毒を使いますか？」

「いや、前線に出るという。その際に殺せばいいだろう」

「わかりました。味方に手練れをそれとなく紛れ込ませておきます」

「頼んだ」

「はっ！　お任せください！」

自信満々に返事を返す。

「ガルフにも伝えておけ」

「近衛騎士団長ですか？　了解です」

近衛は出ていった。

どうやら騎士団長であるガルフもドグマの一員だったようだ。

（この国、相当ドグマの手が回っているようだな。それに、このエドガーがナンバーズか）

「全ては邪神復活のため……」

一人残ったエドガーは呟き、夜空に浮かぶ三日月を眺めるのであった。


テオが部屋に戻る。

まさかのエドガー軍務大臣がドグマの最高幹部であるナンバーズの一人ということと、近衛騎士団長であるガルフもドグマの一員ということに驚きが隠せないでいた。

「相当マズいな。詰んでいると言っても過言ではない」

テオは思わず呟く。

「おにい、さま……？」

寝ていたエリナが、起きていたテオの存在に気付き声をかけた。

「起こしたか？」

「いえ、たまたま目が覚めまして……それよりもどうかしたのですか？」

「いや、寝付けなくてな。良い子は早く寝るんだ」

「は、い……」

テオがエリナの頭を撫でると、そのままぐっすりと寝てしまった。

エリナの隣に寝るセシルはというと、気持ち良さそうに爆睡《ばくすい》していた。

「俺も寝るか――いや、その前に知らせておくか」

テオは窓の外に出て、屋根上に一瞬で移動し合図を送った。

「――ッ！　これはノワール様の」

ヴァイスは僅かな魔力を感じ取る。

視線をイリスたち六影に向けた。

「私はノワール様の元に行きます。何か情報を掴んだのかもしれません」

「イリスが行く」

「何を言っているの、イリス。行くのは私よ？」

睨み合う両者。

イリスだってテオの元に行きたいのだ。

「揉《も》めるようなら私が行ってきますよ？」

「「それはダメ！」」

「は、はい」

自分が行くと言ったグリューンに口を揃えてそう告げた。

グリューンは諦め作業に取り掛かる。

そこへティスラが部屋にやってきた。

「二人ともどうしたの？」

何があったのか尋ねるティスラに、グリューンは教えた。

「緊急なのでしょう？」

「かもしれないですね」

「なら私が行ってくるわ。たまにはノワール様とお話がしたいもの」

ティスラはそう言ってその場を去っていった。

ティスラの存在に気付いてない二人に向けてグリューンは告げた。

「もうティスラが向かいましたよ」

「「……え？」」

二人の呆けた声が部屋に響く。

そして……

「どうして止めなかったのよ！」

「イリスが行きたかったのに……！」

シュンとするヴァイスとイリスであった。

「緊急の要件だったらどうするのですか？」

「うっ……」

「最初から二人で行けばよかったんですよ」

「……はい」

何故かグリューンから説教を受ける二人だった。

テオが合図を出して少しして、ティスラがやってきた。

「お呼びでしょうか？」

「ティスラか」

「はい。……私では不味《まず》かったでしょうか？」

もしかしたら自分以外が良かったのかと、一瞬思ってしまう。

「いや、そうではない。だがこうして二人で話すのは久しいな」

「は、はいっ！」

テオの言葉に見てわかるほど嬉しそうな表情をする。

「二人で話すのは久しぶりだが悪い、先程手に入った情報だ」

「はっ」

にやけていた表情は引き締まり、真剣な面持ちとなる。

「今回のクーデターの首謀者が、ドグマの最高幹部という情報は正しかったようだ」

「と、言いますと？」

「この国の軍務大臣、エドガー・ハイネスという人物が、その最高幹部であるナンバーズの一員だ」

「まさか！　国を支える大臣が、ですか⁉」

「残念なことに、な」

テオは「それに……」と続きを話す。

「近衛騎士団長の他に、数名の近衛がドグマの構成員と判明した。他の情報はないが、まだ複数いるだろう」

「思ったより深刻な状況ですね」

「ああ。この国は詰んでいると言っても過言ではない」

テオの言葉に頷く。

「最後に、俺と姉さん、エリナが狙われているようだ」

「まさか！」

ティスラはテオの正体がバレたのではないか、と警戒しているようだった。

「いや。俺の正体はバレていない。恐らく姉さんが騎士団所属ということが危惧されたのだろうな。戦闘になったら消しにかかってくるはずだ」

「どうしますか？　先に殺しますか？」

「そうしたいところだが、戦闘になり俺が後退したところで、ネグロヘイムがこのクーデターを片付ける」

「はい。そのように部下たちに伝えておきます」

「他には――」

そうしてテオは細かな作戦をティスラに告げた。

「以上だ。作戦は変わるかもしれない、ということを頭に入れておけ」

「はっ。お話できて良かったです」

「こっちもだ。また今度時間が取れたらゆっくり話そう」

「――ッ！　は、はい!!」

そうしてティスラは夜の王都に消えていった。

翌日、テオたちは部屋で話し合っていた。

今後の動きに関してだ。とは言っても大まかな作戦は向こうが言ってくるので、それに従うしかないのではあるが……

ただ一つ、テオはどうしても二人の身の安全を確保したかった。

（いくらヴァイスたち配下が二人の安全を確保するとは言っても限度がある）

どう守るか。それが肝心であった。

「姉さん、あまり前に出すぎないように」

「それを言うならテオも、でしょ？」

「言われなくても自分の実力がどの程度なのか把握しているつもりだよ」

「お兄様もお姉様も、どうかお気をつけて」

「当たり前よ」

「勿論だ」

そこでテオは絶対守るべき条件を二人に提示する。

「いいか姉さんにエリナ」

「何よ、改まって」

「どうしました？」

「一番大事なのはこの国の人間の命じゃない。自分の命だ。それだけはわかってくれ」

「それくらい――」

セシルの言葉をテオは遮《さえぎ》る。

「一番は姉さんに言ってるんだ。何も考えず自分で突っ走る癖があるから」

「うっ……」

セシルはテオに正論を言われ言葉に詰まった。

確かにその通りであるから。

だからなのか、エリナも「お兄様の言う通りですよ」と頷いていた。

だがテオはエリナにも言う。

「エリナも、俺と姉さんがどんな状況に陥っても焦るな。まずは保身に走れ」

「で、でも」

「でもじゃない。これは俺と姉さんの望みだ」

エリナはセシルの方に顔を向け「それは本当ですか？」と問う。

「そうよ。テオの言う通り、私たちの心配よりも、まずは自分の安全を優先しなさい」

「頼む」

「……わかり、ました。なら私からも！」

そう言ってエリナはテオとセシルの目を真っすぐに見て告げる。

「お姉様もお兄様も、決して無理だけはしないでください。私一人になっては不安、です……」

涙を浮かべるエリナに、テオとセシルは顔を見合わせて頷いた。

「勿論よ」

「ああ、必ず戻るよ」

「約束、ですよ……？」

エリナの言葉にテオとセシルは「約束だ」と言葉を返した。

「そうだ」

そこでテオは思い出したかのように二人に相談する。

「このことは戻ったら報告する？」

「しないわけにはいかないでしょ」

「だよね～」

「そんなことを聞いてどうするのよ？」

セシルの問いにテオは答える。

「クーデターでこの国は疲弊する。攻め込む可能性があると思わない？　他国だって商人から話が伝わって攻め込む算段でも考えるんじゃないの？」

「戦争ですか⁉」

　エリナはテオの言葉を聞いて顔を青くする。

　セシルの方は「なるほど」と顎に手をやって考えていた。

「考えるのは私よりテオの方が上手いから任せるけど、でも報告しないわけには……」

「ならいっそのこと報告しないというのはどうですか？」

　エリナの言葉にテオは首を横に振る。

「いや、結局は話が伝わり父さんが聞いてくるだろうね。その時点で何故、一早く報告しなかったと言われる」

「むぅ……」

「まあ、隠れてやり過ごして俺たちは何も知らない、気付いたら終わっていた、と言うのが一番だとは思うけどね」

「ガイル陛下が何か言わない？」

「姉さん、そこは交渉だよ」

「できるの？　相手は一国の王よ？」

「できる」

　テオの自信に満ちた声に、セシルとエリナは聞きたがる。

「なんて交渉を？」

「お兄様、教えてください」

そこでテオは笑みを浮かべ、その交渉する内容を教える。

「クーデターを止めるのを手伝った。だからこちらのちょっとしたお願いくらいは聞いてくれるよね？　と」

「なるほど。それで、なんて言うのよ？」

「そりゃあ、『俺たちがこの国のクーデターを止めるため参加したのは内緒で』と。向こうはそれくらいなら聞いてくれるはずだ。それに向こうだって不利な情報が洩《も》れたくはないだろうから」

「さすがですお兄様！」

「それでいこう。というよりも、私たちが国の状況をペラペラと話すのは良く思わないだろうから、向こうにとっても都合がいいはず、ということね」

「そういうこと」

（まあこれが一番だろう。ガイルが殺されない限りの話になるが）

「私の弟は上手く頭が回るものね」

「さすがです、お兄様！」

こうして翌日。テオたちはクーデターと戦うこととなった。

五章

翌朝になると、王城は慌ただしく動いていた。

クーデターの戦力は王都にいる兵士の半分以上で、他から救援を呼ぼうにも呼べないでいた。

テオは部屋から城の外、城下町に視線を移した。

各地から火の手が上がっており、建物も倒壊しているところがやや見受けられる。

早急に編成した部隊を送ってはいるが、全てに当たれていないのが現状だ。

「まだ鎮圧《ちんあつ》できないのか！」

動き始めて数時間が経過しており、大臣が痺《しび》れを切らした。

「申し訳ございません。予想より抵抗しており、まだ鎮圧には時間がかかります。それに……」

兵の歯切れが悪い。

「なんだ？」

「いえ、何も起こらなければ、あと数時間で鎮圧は可能かと思います」

「何も起きないだろう？」

「そうは限りません。戦い慣れた魔剣士が現れれば城の兵では対処に時間が……最悪壊滅もありえるかと」

「そうならないようにするのがお前たちの役目であろうが！」

「申し訳ございません！」

その怒りを鎮めようと、背後から声が聞こえた。

「落ち着いてください。ベルン財務大臣」

「誰――む、エドガー軍務大臣」

「戦いに焦りは禁物です。上層部が慌て焦っていては下の者に示しがつきません」

「確かにエドガー殿の言う通りですね。失礼。少し焦っていたようだ」

「落ち着いて対処をすれば、クーデターはすぐに鎮圧できます」

「さすが、名を馳せた元魔剣士なだけはありますな」

「いえいえ。私はまだまだ現役ですよ。若者には負けていられないというもの」

「いざという時は頼みましたぞ、エドガー殿」

「ええ、任せてください。では私は忙しいのでこれにて失礼します」

エドガーは笑みを浮かべ去っていった。

部屋を出たエドガーは、一緒に来ていた部下に尋ねる。

「現状は？　奴らは動いたか？」

エドガーが尋ねた『奴』とは勿論ドグマのことである。

「そろそろ動き始める頃かと」

「そうか。さっさと兵共を片付け城を綺麗にするぞ」

「はっ。それでは伝えてきます」

去っていく部下を見送ったエドガーは、次の場所に向かった。

向かった場所は、

「これはエドガー軍務大臣。このような場所にいかがなさいましたか？」

「いやな、近衛騎士団長と話がしたくて来た。近衛騎士団長のガルフ殿はいるかな？」

「現在は兵の指揮を執っております」

「場所はわかるかね？」

「はい。場所は――」

近衛騎士から場所を聞き出したエドガーはその場所に向かう。

少しして王城の門で兵を指揮するガルフの姿が見受けられた。

「ガルフ殿、いいかね？」

「む？　これはエドガー軍務大臣。少々お待ちください」

すぐに指示を出し終えたガルフは、エドガーの元にやってきた。

「なんでしょうか？」

「そろそろ作戦を決行する。準備の方は？」

「万全です。こちらはいつでも行えます」

「そうか。それと例のレスティン王国の学生だが」

「奴らがどうかしたので？」

「今はどこにいる？」

エドガーの質問にガルフは答えた。

「先程二名が前線に行きました。小娘の方はその後方支援を行っております」

「そうか。隙を見計らって奴らを始末しろ」

「はっ！」

「それで、王はどういたしますか？」

「こちらでやる。私もいるから抜かりはない」

「了解です。ご武運を。私は学生の方を先に始末してきます」

「うむ。では」

去っていくエドガーは数名の者を側《そば》に付け、ガイルがいる場所に歩を進めるのだった。


テオたちは現在、配置された場所にてクーデターの者たちと戦っていた。

（できるだけ殺さないのは良いことだが、ドグマの者を見分けて殺すとなると少し面倒だ）

一緒に戦う兵たちは普通に殺してはいるが、それでも勧告はしている。

「ちょっとテオ、手を貸しなさい！　数が多いわ！」

「すぐに行く!!」

急ぎ囲まれ出したセシルの元に駆け付ける。

「姉さん、さすがに殺さないという条件は厳しい」

「他国民を殺せって言うの!?」

「勧告はして、それを無視して殺しに来ている。殺されても文句はないはずだよ。それに決めただろ。優先順位が高いのはこの国の兵でも民でもない。俺たちの命だってことを」

「でも……！」

言い淀み悩む素振りを見せるセシルに、テオは言い放った。

「覚悟が決まったんじゃないのかよ！」

「――ッ！　……そうね、覚悟なんてとうにできていたわ！」

セシルは剣の柄を強く握り締め、覚悟が宿った瞳で敵を見据えた。

ふっ、とセシルの口元に笑みが浮かんだ。

「まさか愚弟《ぐてい》に諭《さと》されるとはね」

「半端な覚悟をしていた姉さんを叩き直しただけだよ」

「生意気ね」

「そりゃあどうも。さあ……」

「ええ」

そしてテオとセシルが背中合わせになり、囲む敵に剣を突き付け、

「「――死ぬ覚悟ができた奴からかかってこい！」」

そう言い放つのだった。


それから戦いは激化の一途を辿った。

セシルも疲弊し、テオもすでに疲れていた。

テオに関してはそう見えるだけだが……

(姉さんはそろそろ退《ひ》き時か)

思った直後――背後の兵たちが一瞬で斬り裂かれ、残りの兵たちも次々と斬り殺されていった。

セシルとテオの目が大きく見開かれた。

その人物とは、鎧に身を包んだ近衛騎士団長ガルフと騎士数名と兵だったからだ。

「一体なんのつもりですか⁉」

セシルが大きく声を上げ、ガルフを問い質す。

「この状況を見てまだわからないか？」

「だからなんのつもりで――」

そこでテオはセシルの言葉を遮って口を開く。

「近衛騎士団長、国を裏切ったな？」

「まさか！」

テオの言葉に驚くセシルにガルフが笑みを浮かべた。

「貴様、この状況でよくも冷静でいられるな？」

「そうかな？　こう見えて結構緊張しているんだ」

「そうは見えないがな」

「ならあんたの人を見る目がその程度ってことだよ」

「口だけは達者なようだ」

そこでテオはセシルに小声で告げる。

「姉さんは逃げて」

「でもあんたの実力じゃすぐに――」

「わかってる。でも、近衛騎士団長が裏切ったと報告する人がいないと。それに俺だってこんな所で死ぬつもりはないから」

「だけど弟を置いて先に逃げるなんて……」

「任せて。逃げ足だけは姉さんより得意だから」

「――ッ！」

テオの言葉にグッと唇を噛《か》みしめる。

（現状、姉さんを残すよりも俺が残った方がいい。姉さんに残らせるとすぐに殺されそうだし。まあ、あいつらに守らせればいいのだが……）

そう都合良くいかないのが現実というもの。

「絶対、絶対に生きて帰ってくるのよ！」

「ああ、わかってる。隙は俺が作るから」

テオの言葉にセシルは頷く。

「どうした。逃げる手段でも考えていたのか？」

「え!!　わかったの!?」

わざと驚いたように反応する。

セシルが隣で「それ言っちゃだめでしょ!?」と言っているが、テオには聞こえない。

「まさか、クーデターなんてバカなことを考える奴だとは思っていたけど、脳まで筋肉じゃなかったことに驚きだ」

テオはガルフを煽《あお》っていく。

当然注目を自分に集めるための作戦である。

「小僧、よく喋る。それ以上喋らないように貴様から先に殺してやろうか？」

「それは嬉しいけど、死ぬにはまだ早いかな。あと二百年は生きたいんだ」

ガルフはフンと鼻で笑い、命令した。

「——殺《や》れ！」

テオは敵が襲い掛かってくる瞬間セシルに視線で合図を送り、手に持っていた小さな球状の何かを地面に投げつけた。

周囲に白煙が立ち込めた。

「姉さん！」

「——生きて帰ってくるのよ！」

「ああ。エリナを頼む」

「任せなさい」

「逃がすな！」

「悪いけど通さないよ」

「——ぐぁ!?」

再び投げつけられた球がぶつかったことで中身が宙を舞う。

それは同じく煙玉であった。

(姉さんはヴァイスたちに任せよう)

煙が晴れ、ガルフたちがテオを睨みつける。

「……小僧、よくもやってくれたな。怒られたら貴様のせいだぞ」

「怒られたら？　それは——エドガー軍務大臣に、かな？」

「……何？」

ガルフたちは警戒の視線をテオに送る。

「どこでその情報を得た？」

「それは秘密だ」

テオは口元に人差し指を当てる。

「まあ良い。それに貴様の妹、なんといったか、そうそう。エリナといったか」

妹の名前を出されたテオの眉がピクリと反応する。

ガルフはそれに気付き笑みを深めた。

「今頃は俺の部下に殺されているだろうな」

「……それが？」

(殺されている？　エリナとセシルには俺の配下を付けている。こいつら近衛程度の実力ならすぐに片付けられる。が、少々不愉快だな)

「なんだ？　妹が死んでいるかもしれないのにその程度の反応か？　薄情な兄だな」

「違うな。俺は薄情じゃない。現に俺は妹を愛している。姉さんもだ。だがな、俺がこの程度の反応しか見せないのは安心しているからだ」

「安心だと？　俺の部下があんな小娘より弱い、そういうことか？」

「それも違う。確かにエリナはあんたの部下より弱いが、いずれは超える。あんたよりも、な」

「ふん。もういい。さっさと殺せ」

ガルフの言葉に従い部下がテオに剣を向けた。

「貴様の如《ごと》き学生には勝てまい。それに先の戦いで疲弊している。強がってはいるが身体が限界なのだろう?」

(ペラペラとよく口が回る)

「――殺れ」

ガルフの指示で襲い掛かる近衛たちであったが、その攻撃はテオには届かなかった。

否。届きすらしなかったのだ。

何故なら、その近衛たちはテオに近づこうとした瞬間には、斬られて死んでいたのだから。

ガルフの部下たちが鮮血を撒き散らしながら倒れる。

「な、何が起きて……」

疲弊しきっているテオに倒せるはずがない。そう思っての言葉だったが、ガルフは目にした。

仮面を着けた、黒衣の者を。

「――何者だ?」

ガルフが剣を構え警戒する。

体型からその人物が女性だということは判別できた。

「ネグロヘイムの六影が一人、ヴァイス」

「そうか。貴様らが我らに喧嘩を売る組織か。だが一人でどうする? こちらは多勢だぞ?」

ジリジリとテオとヴァイスを取り囲む。

剣を抜くヴァイスは、チラリとテオの方に視線を向ける。

それすなわち……『殺ってもいいか?』という許可を求める視線を。

だからテオは頷く。

「その男以外は殺れ」

「はっ」

襲い掛かってきた男たちを——一閃。

ガルフの残っていた部下全てが地に倒れ伏した。

この一瞬で手練れの命を刈り取ったヴァイスは、付着した血を振り払う。

一瞬の出来事に、ガルフは戸惑いを隠せないでいた。

自らの部下でも強い部類に入る、共に死線をくぐり抜けてきた猛者たちだ。

それをいとも容易く一太刀《ひとたち》で屠《ほふ》られた。

その事実に驚く他ない。

「テオ様、雑魚の処理は終わりました」

ヴァイスと名乗った者はテオに向き直り跪く。

その光景を見てガルフは戸惑い、困惑する。

それは、先程まで苦戦していたテオへと、圧倒的な強者が跪いているのだから。

「貴様は一体……ただの学生ではないのか！」

ガルフが声を荒らげる。

「俺か？」

言葉と同時に渦巻く圧倒的で、純粋なまでの黒い魔力の奔流《ほんりゅう》。

圧倒的な魔力の前に、ガルフは身体の震えが収まらない。

程なくして、魔力が収まりその場に現れたのは、漆黒を纏う人物——ノワールであった。

ガルフはノワールを見ただけで理解した。

強い、と。

それも今まで見た中で圧倒的なほどに。

自身の本能が、一人の剣士としてそう告げていたのである。

「テオといったな？　貴様、何者だ……？」

ガルフの言葉にテオは否、ノワールは名乗った。

「我が名はノワール」

「貴様が我らの組織に歯向かう者たちのリーダーか」

「その通りだ」

「いいのか？　あっさり肯定して？」

「問題ない。どうせ貴様はここで死ぬ」

「ふん、ぬかせ。俺がここで貴様を殺す！」

剣を構えるガルフがテオに殺気を放つ。

常人ならば、この殺気を浴びただけで実力差を思い知り降参するだろう。

だが、その殺気を浴びるノワールはどうだろうか？

ガルフの殺気を浴びて尚、平然と佇《たたず》んでいる。

「この程度は耐えるか」

「何かしたのか？」

殺気を向けられ、ノワールが気付かないわけがない。

ただ単に、弱すぎてそよ風にも感じないだけの話。

「そうか」

それだけ呟くと、ガルフはノワールに肉薄し剣を振るった。

が、それはいとも容易く受け流された。

それでもガルフの剣撃はとどまるところを知らない。

何回も何回も攻撃を繰り出す。

ガルフから放たれる剣は、訓練された魔剣士でも避けるのは至難の業。一撃一撃が研ぎ澄まされた〝技〟だった。

伊達《だて》に近衛騎士団長を任されてはいないのだから。

「避けるのだけは上手いようだ」

「遅いのでついつい欠伸が出てしまいそうだ」

「ふん、生意気を！」

身体を強化したガルフの剣戟《けんげき》がさらに過激さを増す。

それでも尚、ノワールは避け続ける。

「何故だ！　何故当たらない！」

攻撃が掠りもしないことに驚きの表情を浮かべる。

「ふむ。少し見込み違いだったようだ」

「見込み違い、だと……？」

「もう少しやってくれると思っていたが、所詮はこの程度」

「何を！　貴様は攻撃できないではないか！」

「ならしてやろう」

ガルフの繰り出した攻撃が弾かれ、強化されたノワールの剣がガルフの剣を粉々に砕いた。

剣の破片が宙を舞い地面に音を立てて落ちる。

「――なっ⁉　これは最高峰の金属で作られた剣だ！　そう易々と粉々にできるはずが……」

ノワールは漆黒の剣をガルフの喉元に突き付けた。

「さて、近衛騎士団長。何か言い残すことはあるか？」

「ぐっ……」

さすがに得物である剣が失われた今、抵抗する手段がなくなったガルフには勝ち目はない。

元から勝ち目はなかった戦いであったが。

そもそもこれを戦いと呼んでよいのかという疑問すら出てくる。

それだけ圧倒的なまでの実力差がそこにはあった。

ノワールにとっては子供を相手にしているようなもの。

聞かれたガルフはノワールに尋ねる。

「ノワール。一体、ドグマと敵対して何が目的だ？　地位か？　金か？　女か？　それとも――領土か？」

「我らは何も欲しない。我らはただ、我らの成すべきことをするまで。それに立ち塞がるなら、誰だろうと容赦はしない」

「ドグマの根は深いぞ？」

「ならば潜ろう。たとえそこが地獄のさらに底の深淵であろうとも、我らはそれを滅ぼすのみ」

「ドグマは強大だ。貴様らなどすぐに滅ぶに決まっている。ドグマは敵対者には容赦はしない」

ノワールが仮面越しに暗い笑みを浮かべる。

「──我らは我らの敵を許しはしない。陰の全てを滅ぼし尽くそう」

「それをして何を成す？」

「陰の支配、それだけだ」

「強欲じゃないか？　まるで世界の半分を自分の物にするようじゃないか」

ガルフの言葉にノワールは嗤った。

その嗤いは、ガルフの言っていることがまるで本当であるかのように……

「強欲の何がいけない？　世界の陰を支配し秩序を作る。その計画に貴様らの組織が邪魔なだけだ。邪神の復活？　笑わせるな。この世界に神など必要ない」

「神をも恐れないか」

「敵と言うなら、神だろうと殺すまで」

そこまで聞くと、もう何も聞くまいと目を閉じた。

これ以上は何も喋る気はないのだろう。

「──さらばだ、ガルフよ」

一筋の剣閃が煌き、ガルフの首が地に落ちた。

「行くぞ」

「はっ」

こうして二人の影は消え去るのだった。


ノワールとヴァイスが向かったのはセシルの元だった。

単にノワールが心配なだけではあるが。

「ノワール様も過保護ですね」

ヴァイスの返しに、ノワールはクスッと笑みを浮かべる。

確かに過保護と言われればそうなのかもしれない。

だが、前世のノワールに家族というものは存在しなかった。

帝王は常に孤独。

ノワールはこうやって家族と過ごすことによって、自然と温かな気持ちになった。

(家族、か……ヴァイスの言う通り、俺は過保護なのかもしれないな)

それもいいことだと、ノワールは思ってすらいた。

今の自分にとって、これ以上ない幸せなのだから。

そこへヴァイスがテオに報告する。

「恐らく、というよりは確実にセシル様とエリナ様は無事です」

「どうしてそう言える?」

「それはイリスが直接監視に就きましたから」

「……なるほど。そういうことか」

イリスと聞いて納得する。

イリスの戦闘能力は獣人故に高い。それも人間よりも圧倒的に。

染み付いた野生の戦闘センスは人間の戦いを凌駕《りょうが》するほど。

セシルたちの元に到着した。

そこで見た光景は、何十人も倒れるドグマと、クーデターの兵士たちでできた屍の山。

そして、その屍の山の頂《いただき》に立つイリスの姿があった。

背後には城と満月が浮かんでおり、イリスを際立たせていた。

目を移すと、そこにはセシルとエリナの姿が見え、無事なことに安堵するも、表情からもイリスに怯えている様子だった。

ノワールとヴァイスが降り立つ。

「イリス、ご苦労だった」

「――――ッ!! ノワール様!」

イリスが反応を示したことで、セシルとエリナはビクッと肩を震わせた。

二人の顔がノワールの方に向けられる。

「そっちは片付いたのですか?」

「ああ。近衛騎士団長のガルフは殺し、クーデターも残りの配下たちが片付けている。残るは王城のみだ」

王城を見据える。そこにセシルが声をかけてきた。

「あの、ガルフを倒したって本当ですか!?」

「ガルフは殺した」

セシルはそれを聞いて「なら！」と尋ねてくる。

「黒髪の少年を見ませんでしたか⁉」

「お兄様は見てないですか⁉」

エリナもテオを心配して聞いてくる。

ヴァイスもイリスもノワールに任せている。

「見た」

「その少年は、テオは無事なの！」

「無事だ」

ノワールのその言葉を聞いて二人は安堵する。

「今、何処にいますか？」

「目立った外傷はない。今は避難しているところだろう」

「良かったぁ～……あのバカ、私を逃がすために」

セシルはお礼をしようと、名前を尋ねた。

「あの、お名前は？」

その言葉にノワールは答えた。

「ノワール」

「ノワールって……！」

気付いたのだろう。

あの王都の一件をセシルは知っている。

「そう、あなたがノワール」

ノワールは何も答えない。

「今回は弟を助けてくれたことに感謝するわ。でも、次会ったら容赦しない」

「その時を楽しみにしておこう」

去ろうとするノワールに、セシルは問いかけた。

「待って！」

その場で立ち止まる。

「今度は何を企んでいるの？」

真剣な眼差しが、ノワールの背中に向けられる。

「我らの成すべきことはただ一つ。闇を滅ぼし、陰を支配する。それだけだ」

そうしてノワール、ヴァイス、イリスはその場から姿を消したのだった。

◇◇◇

「現在の状況はどうなっている？」

玉座の間にてガイルが近衛に近況を尋ねる。

「現在、ガルフ近衛騎士隊長が先陣で指揮をしているとのことです」

「そうか。ガルフ殿に頼ってしまっているな。それにみんなにもだ」

「何を仰いますか。それが我らの役目です。陛下はどっしりとそこで構えていてください」

「ははっ、言うようになったな、ケイン？」

ガイルは自身に付き従う、まだ若き近衛であるケインにそう告げた。

ケインは頬を掻き照れていた。

「いえ。ここまで来れたのも陛下のお陰です。いつまでも付いていきますよ。拾っていただいた恩もまだ返せておりませんので」

「そうか。あれからもう五年か」

「はい。孤児の私を兵として雇ってくださり、ここまで育ててくださいました。陛下にとっては小さいことでも、私にとっては一生返せないご恩です」

ガイルは笑う。

「そうかそうか。頑張ってもらおうか」

「勿論です」

そこで思い出したのか、ガイルはケインに問う。

「そう言えば、例のレスティン王国の学生はどうだ？」

「はい。セシル様、テオ様、エリナ様の三名ですね？」

「うむ。前線に向かったとは聞いたが……」

「ご心配なのですね」

ケインの言葉にガイルは頷いた。

「娘も息子もまだ幼いが、ああも若い者が前線で戦っているとなるとな……」

「わかります。死ぬにはまだ早すぎますからね」

「それはそなたもだ。まだこんな所で死んではならぬぞ？」

「わかりませんよ？　陛下を庇って死ぬかもしれません」

「言うようになったな」

「私にとって陛下は父親とも思える存在ですから」

「嬉しいことを言う」

場の雰囲気が和む。

ガイルは家族のことを尋ねた。

「ご家族ですか？」

「うむ。上手く逃げられたか？」

「はい。隠し通路を使い、しっかりと逃げられたみたいです。護衛に私の部下を付けております。大臣方も護衛を連れて隠れています」

「うむ。感謝する」

ケインは続ける。

「エドガー軍務大臣が、数名の護衛で兵たちの指揮を執っているようです」

「エドガー殿がか？」

「はい。『逃げてどうする』と言って武器を携え向かわれました」

「エドガー殿は、元は優秀な魔剣士だったからな。ああ見えてまだまだ現役だ。任せておいて心配はあるまい」

「現役、ですか……」

ケインは「そう言えば」と思い出した。

確かに体格もガッシリしており、時折外で兵たちに交り剣を振っているのを見たことがあった。

他の兵や近衛にも負けないくらいの力強さがあり、誰が見ても強いとわかる。

ケインは部下から聞いたことがあり、その言葉を思い出す。

「ケインさん、エドガー軍務大臣と手合わせをしたのですが強すぎですよ」

と、笑みを浮かべながら「どうやったらあそこまで強くなれるんですかね～」と言っていた。

そこで疑問に思ったのが、何故近衛や将軍などではなく、大臣なのかということであった。

そのことをガイルに聞いてみた。

「エドガー殿は頭も冴えているからな。回転もいい。だから実質軍を指揮できる軍務大臣に据えたのだ。本人もそれを受け入れてくれた」

「なるほど。そうでしたか」

ガイルの言葉に納得する。

そこへ扉がノックされた。

「陛下、エドガーです。中に入ってもよろしいでしょうか？」

「エドガー殿か。入れ」

「失礼します」

部屋に入ってきたエドガーは帯剣しており、そのままガイルの元へ歩み寄る。

「何かあったのか？」

「もうじきクーデターは鎮圧できそうです。その報告をしに参りました」

「そうか。ご苦労であった」

「はい。つきましては、ガイル国王陛下にはここで死んでいただこうかと思います」

エドガーは立ち上がり抜いた剣を突き付けた。

突き付けられた剣をまじまじと見つめ、再びエドガーに視線を戻す。

ケインは腰の剣を引き抜き、エドガーに突き付け叫んだ。

「エドガー貴様！　自分が何をしているのかわかっているのか⁉」

ケインの部下も剣を引き抜いてエドガーに向けるも、エドガーの部下も同様に剣を抜き構えた。

「わかっていますとも」

ガイルは真剣な面持ちで問う。

「エドガーよ。前々からこうするつもりだったのか？」

ガイルの視線がエドガーを射貫き、尚もエドガーは笑みを浮かべながら答えた。

「ええ、全ては〝ドグマ〟のために」

「ドグマだと……？　貴様もしや⁉」

――ドグマ。

それは裏の世界を支配する組織のこと。

「いつからドグマに？」

「元から――いえ。十年前からですね。今ではこうして最高幹部であるナンバーズにまで上り詰めました」

ガイルは証拠に腕を捲ってタトゥーを見せた。

そこには数字の『7』が描かれていた。

「ナンバーズ……」

その言葉はガイルやケインですら聞いたことがあった。

ドグマの最高幹部はナンバーズと呼ばれ、実力は最強クラスということを。

「陛下を裏切るのか？」

「裏切ってはいませんよ。元から私はドグマ――いや、この場合は邪神に忠誠を誓っていると言った方が正しいですね」

「邪神……そこまで堕《お》ちていたかエドガーよ……」

ガイルの呟きはエドガーやケインの耳にも届いていた。

「私を殺して何をするつもりだ？　本当に革命か？」

「革命と言えば革命ですか」

エドガーが何を言いたいのか掴めない。

「この国をドグマの物にし、民を邪神の供物として捧げる。それこそが私の目的。だから陛下、あなたは邪魔なので消えていただきます。安心してください。王妃も子供も一緒に、あなたの元に送って差し上げます」

エドガーは嗤う。

「ふざけるな！」

ケインの叫びが部屋に木霊する。

「ケイン殿。ふざけるな、とは？」

「――うっ!?」

エドガーから放たれた殺気がケインに向けられ、その異常なまでの殺気に後退《あとずさ》る。

他の兵たちもガクガクと震え、怖じ気づいてしまう。

(強い。今まで実力を隠していたのか……だが！)

ケインはグッと堪え、エドガーの目を見据えて言い放った。

「俺は陛下に忠誠を誓っている！　この程度では引かんッ!!」

エドガーが目を細めた。

「……助けが来ると思っているのか？」

「俺が耐えればガルフ近衛騎士隊長がお前を――」

「ガルフはこちら側だ」

「――何？　そ、そんなはずは……」

他の兵たちも、ガイルですら目を見開いて驚きを露わにしていた。

「ガルフ近衛騎士隊長は誰よりも忠誠心が高かったはずじゃ……」

「あのガルフ様が……？」

「そんな。勝ち目なんて……」

ただでさえクーデターで兵が疲弊しているのだ。

そこにガルフやエドガーといった強者が敵に回っては、到底勝ち目などない。

そこでエドガーがある提案をした。

「陛下の首をこちらに差し出せば仲間に迎え入れてやらなくもないが、どうする？」

「そんなことできるわけがない！」

が、ケインが部下である兵たちを見ると、明らかに動揺していたのだ。

だって目の前の男を殺せば命が助かるのだから。

「お前たち何を考えている！　目を覚ませ！」

ケインの言葉でハッとなり頭を振って先程の考えを捨て去る。

「非常に残念だ」

エドガーの部下たちが兵たちに斬りかかり、玉座の間は乱戦に突入した。

少ししてケインの部下たちは全滅し、残るはケインとガイルのみとなった。そんなケインも所々に傷を負い消耗していた。

ガイルがエドガーに尋ねる。

「一つ聞きたい」

「どうしました？」

「使用人たちはどうなっている？　殺したのか？」

「私たちに歯向かうようなら殺します」

「頼む。ここにいるケインや使用人、家族だけは見逃してくれ。この首で済むならくれてやる」

「陛下それはいけません!!」

ガイルの言葉にエドガーは嘲笑する。

「それはできない約束ですね」

「エドガーーーッ!!」

斬りかかるケインの剣を容易く弾き、ケインの腹を貫いた。

「――ごふっ」

口から吐き出された血が床に零れ落ち、刺された腹部を押さえ膝を突く。傷口から血が流れ出す。

「ケイン!」

ガイルが倒れたケインに駆け寄り抱える。

「へい、か……早く、お逃げを……」

「バカを言うな!」

逃げろと言うケインに、ガイルの表情が悲しみで染まる。

ガイルだって、ケインのことを息子同然のように思っていたのだ。

血に染まった玉座の間。

「逃げて、ください……」

「もうそれ以上は喋るな」

これ以上血が流れれば、ケインの命は助からない。

ガイルでもそんなことは理解していた。

それでもケインに生き残ってほしいから、助かってほしいからと、そんな意味を込めての言葉だった。

ケインだってそれくらいのことは理解できる。

「ケイン、君の陛下に捧げる忠誠心は凄い。賞讃に値する。ですが、いくら忠誠心が高くとも、守れないのでは意味がない」

冷たい瞳で見下すエドガーの手は剣を強く握り締めていた。

「お主。妻と息子が殺されたことを悔やんでいるのか？」

「……目の前で無残にも賊《ぞく》に殺された。あの時の私はまだ弱かった。だからドグマに入り強くなり強者となった。今までは奪われる側だったが、今となっては奪う側だ」

「お前の妻と子供はそんなことを望んではいない！」

「貴様に何がわかる！」

「うぐっ」

エドガーがガイルの胸倉を掴み上げ、心の叫びだと言わんばかりに口を開く。

「裕福な王族として生まれ、家庭を持ち、守られるだけの貴様に何がわかると言うんだ！　目の前で愛する妻と子が殺されたこの気持ちの何がわかる！」

気付けばエドガーの目からは涙が零れ落ちていた。

「エドガー……」

ガイルは何も言えなかった。

それはエドガーの言うことが正しかったから。

自分は守られるだけの王族だということに。

(何が民を導くだ。クーデターが起き、目の前で裏切られて何が王だ)

ガイルから全身の力が抜ける。

エドガーが手を離すと、ガイルはそのまま床に崩れ落ち、悔しそうに血に染まったカーペットを握り締め――倒れ血を流すケインと目が合った。

「へい、か……そのような言葉に、惑わされないで強く生き、民を導いて、ください……」

「ケイン……」

そこでハッとし周りを見渡す。

目の前で自分に忠誠を誓い、命を賭して戦ってくれた者たちのことを。

（なんて情けない王だ……だが、民の期待を背に国を導く、それが王族というもの）

ゆっくりと立ち上がり、エドガーの目を見据えた。

「ほう。立ち上がるか、陛下――いや。ガイル」

「お陰様でな。私はこんな所では死ねない」

「この場で土下座でもするのか？　それとも許しを請うか？」

エドガーの言葉をガイルは首を横に振って否定する。

「そんなことはしない。それは私のために戦ってくれたこの者たちを侮辱《ぶじょく》することになる」

エドガーが見たのは、今まで見たことのない王としての強い意思だった。

「だがこの状況では何もできない。違うか？」

「確かに何もできない。できるとしたら潔く死ぬことだけだろう」

「威勢がいいな」

剣閃が走る。

ガイルの頬から遅れて血が滲《にじ》む。

「――っ」

声にもならない声を上げるが、それでもエドガーから視線を外さない。

「……ほう」

臆さないガイルに、感心した声が漏れた。

「殺さないのか？」

「殺すさ」

そうして振るわれる剣はじっくりと、ガイルの全身に小さな傷を付けていく。

気付けばガイルは全身から血を流し、床に膝を突いていた。

エドガーは最初、一太刀で殺そうと思っていた。

だが、この強くなったガイルの精神を壊そうと、ゆっくり嬲《なぶ》り殺すことにしたのだ。

だが――……

（何故折れない？）

そんな疑問が生まれた。

血だらけになりながらも、ゆっくりと立ち上がろうとするガイルに、エドガーは剣を振るった。

「――がぁ!?」

ガイルの片足の腱が斬られ床に倒れ伏す。

それでも尚も立ち上がろうとする。

そして大きく振りかぶった剣。

ガイルは察した。この一撃で自分は死ぬのだと。

エドガーはガイルに向けて賞讃の言葉を送った。

「認めよう、ガイル。貴様は強い、この私よりも遥かに」

ガイルの心の強靭《きょうじん》さに対して。

「そ、うか……」

「だからせめてもの情けで、一瞬で楽にしてやろう」

振り下ろされる剣は的確にガイルの首へと吸い込まれ――止まった。

聞こえるのはパチパチという乾いた拍手の音。

エドガーやこの場にいる者たちの顔が聞こえてくる音の方、玉座に座る人物に向けられた。

漆黒に身を包んだ者は拍手を止め、とても愉快そうな声で口を開いた。

「中々に楽しめた」

エドガーは突如として玉座に現れた黒衣の人物を見て警戒する。

「何者だ？」

「我らはネグロヘイム」

エドガーは玉座に座る黒衣の人物――ノワールを見てすぐに理解した。

ネグロヘイムがドグマに敵対する組織ということに。

「ネグロヘイム……なるほど。我らの敵で、貴様が組織を束ねる者、ノワールだな？」

「ご名答」

ノワールが再度パチパチと拍手する。

そのノワールの背後に控える六人の者たち。

エドガーは、ノワールだけではなく、その背後の六人からも強者の匂いを感じ取った。

「伝え忘れていた。ガルフという男ならもうこの世にはいない」

「何？　つまりは殺したと？」

エドガーの言葉にノワールが「その通り」と肯定する。

「残るはここだけ」

引っかかる言葉に眉を寄せる。

「言葉通りの意味だ。すでに外は片付け、残る敵はここだけということだ。理解できたかな？」

「そうか。民衆はどうした？」

「殺した、のか……？」

エドガーとガイルの言葉に、ノワールは鼻で嗤った。

「まさか。民衆を煽っていたドグマのみだ」

その言葉を聞いて舌打ちをするエドガーと、安堵するガイル。

ノワールはパチンッと指を鳴らす。

すると背後に控えていた六名が、玉座の間にいるエドガー以外のドグマの構成員を、一瞬で斬り殺した。

「……俺をどうする気だ？」

ノワールは席を立ち上がる。

「ドグマの最高幹部であるナンバーズの力がどの程度か、見極めてやろう」

「ふん。小さな研究施設と多少の計画を潰した程度で図に乗るなよ」

ノワールは笑う。

「何が可笑しい？」

「知らないのか？　レスティン王国は我々が支配したということに」

「なんだと……？」

「嘘だと思うか？」

エドガーは何も答えない。だが、明らかに先程以上に警戒をしており、静かに剣を構える姿からは魔力が溢れる。

対してテオは漆黒の剣一本のみ。

歩み寄り両者が対峙した。

静寂が場を包み込む。

聞こえるのは微かな呼吸の音のみ。

ザッと、エドガーの足元が少し動き——一気に距離を詰め、最速の一撃を放つ。

剣先がノワールの眼前に迫るが、僅かに顔を傾けただけで躱された。

そのまま横に斬り払うも、キンッという甲高い音が鳴り響き逸らされた。

エドガーは一度距離を取って体勢を立て直し、肩で大きく息を吐いた。

「よく避けたな？」

「こんなものか？　ナンバーズの力とは」

「安い挑発だ」

ノワールの言葉を安い挑発と言い鼻で嗤うエドガーであったが、内心は違った。

（まさかあの攻撃を避けきるとは……）

一連の攻撃を避けきったノワールに驚いていた。

「少しは楽しめるようだ」

そう言ってエドガーは再び接近する。

右からの逆袈裟《ぎゃくけさ》切《ぎ》りを繰り出す。

鋭い一撃が下からノワールを襲うが、半歩下がることでそれを躱す。

「そう来ると思っていた！」

剣を持つのと違う、反対の手からナイフが投擲《とうてき》された。向かう場所はノワールの胸――すなわち心臓。

この近距離では避けることが不可能な一撃。

普通なら避けることが不可能な、死角を突いた一撃のはずだった。

エドガーの口からは驚きの声が漏れた。

「――なっ⁉」

ノワールから答えが返ってくる。

「視えていた。それだけだ」

「完全に死角からの攻撃だったはず！」

「言ったはずだ。〝視えて〟いたと」

ノワールは気配察知や魔力察知などの探知を使い、死角という死角をなくしていたからこそできた芸当だった。

「チッ！」

それでも攻撃を繰り出すエドガーに、ノワールは剣を軽く振るった。

攻撃を回避するため、エドガーはノワールの間合いギリギリ外に出ることで回避したが、視線を下に落とすと、衣服の一部が切り裂かれていた。

幸いにも肌は傷付いていない。

「ギリギリすぎたようだな」

ポツリ呟くエドガーは身体強化を施し再び迫る。

先程以上に速くなったエドガーの攻撃は、一撃一撃が鋭く、ノワールはその全てを躱す。

「回避しかできないのか？　反撃してみろ！」

「ではそうしようか」

同時、エドガーの剣がノワールを突き刺し――消えた。

「――何っ⁉」

「残像だ」

「――がぁ⁉」

胸部に重い衝撃が走る。

重く鈍い音が響き、エドガーの足が僅かに浮かぶ。

身体強化を施して尚、重い一撃に内心驚くエドガーだが、迫りくる剣を弾いた。

再度始まる剣の応酬。

この素早い攻防が視えているのは僅か数名。

「凄いですね」

この光景を見ていたヴァイスが口を開いた。

「ノワール様は一度もダメージを受けていない」

「確かに。それでもあのエドガーという男、やりますね」

「伊達にナンバーズではないということですか」

「ですが、それでも大人と子供のような圧倒的な戦いです。さすがノワール様としか言いようがないわね」

「そうですね」

イリス、グリューン、ルージュ、ティスラ、エイデスの順に、目の前の戦いを見てそう呟いた。

今の六影にこれができるのかと言われれば、不可能だろう。

それだけノワールの戦闘技術は素晴らしく、遥か高みへと至っていた。

玉座の間では激しい攻防が繰り広げられている。

いや、攻防というよりは、エドガーの激しい攻撃がノワールを襲っていた。

だが肝心のノワールはというと、息一つ乱さないで冷静に攻撃の一つ一つを見て避け、時には剣で逸らしたりしていた。

「どうして、どうして攻撃が当たらない！」

自分はあえて殺さないようにと、掠り傷ばかり付けられていく。

自分はそこらの有象無象《うぞうむぞう》の魔剣士より圧倒的に強く、高みに至っているはずだ。

なのに、それでも尚、ノワールに己の剣が届く未来がまったくもって視えなかったのだ。

「どうして、どうしてだ！」

ノワールは答えず、その表情は仮面でわからない。

エドガーはノワールに攻撃をしている最中、脳裏にある言葉が蘇《よみがえ》った。

「俺を楽しませろ」と、確かにそう言ったのだ。

(楽しませろ、だと！)

エドガーの剣に殺意と鋭さが増す。

「ほぅ……」

ノワールは今までで一番鋭かった攻撃に、思わず感嘆の声を漏らした。

自然と仮面越しの表情には笑みが浮かぶ。

「いい、実にいい。戦闘の最中に成長しているとは」

「何が成長だ！」

その年で尚も伸びるのかと、心の底から称賛した。

ノワールの言う通り、エドガーの剣はこの戦闘で確実に効率的で、相手を殺すことに特化した剣に成長していたのだから。

本人が気付かなくとも、戦っているノワールは気付いていた。

エドガーがノワールの足に向かって蹴りを放つ。

「そうだ。それでこそ戦いというもの。剣にこだわるな」

エドガーは答えない。

次々と攻撃を繰り出すエドガーに、ノワールは剣を振るう。

キンッと弾かれて、エドガーの体勢が崩れた。

「――しまっ……ぐっ!!」

ノワールは剣を弾いてすぐ、エドガーの懐に迫り左手を握り締め、腹部を殴りつけた。

エドガーは後方に跳ぶことでダメージを軽減させる。

(あの一瞬でダメージを軽減したか。さすがはナンバーズといったところか)

これほどの人が敵にいるのが惜しいとすら思ってしまう。

だがエドガーが引き返せない場所にいるのも承知していた。

一度距離を取ったエドガーに、ノワールは尋ねた。

「エドガー」

「……どうした?」

「ドグマが研究していた〝薬〟は使わないのか?」

ノワールがなんのことを言っているかすぐに察しが付いた。

「俺には必要ない。どうせ使ったら最後、元の姿には戻れない。使っただけ損というもの」

「聞いて悪かった」

「ふん。貴様に謝罪など必要ない。それに、俺は借り物の力には頼らない。己の強さのみで戦い抜くと決めている」

まだ数分の戦いだが、剣を交えることでエドガーがどんな人柄なのかを理解してきていた。

このエドガーという人物は、敵にしては中々に好感が持てるのだ。

エドガーは構え、剣に魔力を注ぎ込んで言い放つ。

「私の正真正銘《しょうしんしょうめい》、全力の一撃だ。その身を以て味わえっ!」

注ぎ込まれた膨大な魔力によって光を帯びる剣が、ノワールに振るわれた。

それはまさしく閃光。

そう見間違えるほどの魔力の輝きが、斬撃となってノワールを襲う。

壁を横に切り裂き迫る。

「ではこちらも見せてやろう」

ノワールも魔力を注ぎ込み縦に一閃。

だが、その一瞬で注ぎ込まれた魔力の量は膨大。

床と天井を切り裂きながら、ノワールの斬撃とエドガーの斬撃が衝突した。

衝撃波が吹き荒れ、玉座の間のガラスを次々と割っていく。

六影たちはノワールが座っていた玉座の後ろに控えるのみで、衝撃波の中でも微動だにしない。

慌ても逃げもしない。主であるノワールの負けがありえないとばかりに、その場に佇んで見守っているのだ。

エドガーは拮抗《きっこう》する斬撃を見て驚いている。

「まさか拮抗するか!?」

「拮抗？　よく見ることだ」

「何を言って――……！」

そこで言葉を止めた。

エドガーが放った斬撃はノワールの斬撃に――打ち負けたのだ。

ノワールの斬撃はいまだ健在で、エドガーに迫る。

エドガーは避けようもなかった。

先程放った斬撃に全魔力を注ぎ込んでおり、身体も限界に近かったのだ。

それ故に、変わらぬ速度と威力で迫る斬撃を前に、エドガーはただ見つめるのみ。

エドガーは己の最期と悟る。

（これも悪くない最期、か……）

「――ドグマにはまだ私より強いのがいる。きっと貴様の壁となることだろう」

ノワールはエドガーの言葉に仮面を外し、不敵な笑みを浮かべた。

「ならばその壁を打ち砕いてみせよう」

「その顔！　そうかお前が、貴様がノワールだったのか――……」

ノワールの正体を知ったエドガーは「まさか」といった表情になり、まんまとやられたという表情をした。

「――さらばだ、強き剣士よ。向こうでは家族と共に幸せになるがいい」

エドガーは、ノワールの放った斬撃に呑み込まれた。

そして、エドガーが光に包まれた先に、死んだはずの家族の姿が。

優しい笑みを浮かべ、自分に手を振る妻と息子の姿が……

（ああ、待っていてくれたのか……今そっちに行く）

仮面を着け直し振り返る。

「さあ、目的は成した。行くぞ」

「「「ハッ」」」

こうしてノワールとその配下である六影はその場から姿を消した。

残るはガイルと気絶しているケインだったが、ノワールの残した傷痕を見る。

そこには縦に切り裂かれた大きな斬撃の跡が、城の壁を破壊し外に続いていた。

「ノワール、貴様は一体……」

ガイルはその切り裂かれた傷跡を見てそう呟くのだった。

◇◇◇

ノワールたちネグロヘイムが去った後、ガイルとケインはすぐに到着した部下によって治療されることになる。王都での革命という名のクーデターも収束した。

クーデターの翌日になって、テオはセシルとエリナに再会した。

「テオ、何処に行っていたのよ！　心配したんだから！」

「お兄様、心配しました！」

戻ってきたテオを見るなり、二人は飛び込むかのように抱きついてきた。

テオはそんな二人を抱きしめる。

「ごめん、心配かけた」

「本当よ。どこで何をしていたの？」

三人は席に着き、テオはあれから何が起こったのか話す。

「実はあの後、ノワールを名乗る人が現れて、近衛騎士隊長を倒したんだ」

「テオは大丈夫だったの？」

セシルの言葉にテオは頷く。

「なんとかね。『早く行け』と言って逃がしてくれたよ。そこからはまだ王都もクーデターで人々が殺気立っていたから朝まで隠れてやり過ごしたんだ。運良く兵の人がいて、王城まで戻ってこれたってわけ」

「そう。とにかくテオが無事で良かったわ」

「ですね、お姉様」

「二人の方はあれからどうだったんだ？」

「私たちの方は――」

そこでセシルはエリナも交えて何があったのか、事細かに話した。

「そんなことがあったのか。そう言えば王城でも何かあったみたいだね」

テオの問いにセシルは何が起きたのかを説明してくれた。

とは言ってもテオは全てを知っているのだが。

「でもガイル陛下が無事で良かった」

「そうね。ガイル陛下のご家族も無事に保護されて戻っていらしているみたいだし」

「それは何よりだ。それで今後の予定だけど……」

セシルがテオの言葉に頷く。

「少し片付けを手伝っていくのはどうかしら？」

「それは名案です！」

「俺も賛成かな」

レスティン王国のドグマは殲滅したので、今帰ってもやることがない。

ならセシルの出した提案に乗るしかない。というよりも、テオ自身が暇だったのだ。

それに、この国の情勢も把握しておきたいというのもあった。

そこにノック音が響き、許可をするとメイドが入ってきた。

「陛下がお呼びです。付いてきてください」

「わかりました」

向かう場所は謁見の間。

あの場所はノワールとエドガーがやり合った場所。その傷跡も大きかったはずだ。

何故そのような場所でやるのかと思っていたが、理由はすぐに判明した。

謁見の間の扉が開かれ、テオたちは歩を進めた。

大きな傷跡があった壁は綺麗に塞がれていたのだ。

(この国の技術ではこんなにすぐには塞げないはずじゃ……)

そう思いながらガイルの前で跪いた。

「面を上げよ」

ガイルの言葉に顔を上げる。

「此度は関係ないにも関わらず、よくぞ戦ってくれた。感謝する」

「勿体なきお言葉です。私たちはできることをしたまでです」

「そう申すな。兵からもそなたらが活躍していたというのは聞いている。本当に感謝する」

そう言って、他国の貴族であるテオたちに、ガイルが頭を下げた。

一国の王が頭を下げたというのに、誰も止めることはせず、この場の面々も同時に頭を下げた。

「それで、これからの予定を聞いてもいいか？」

ガイルの言葉にセシルは頷き、先程決まったことを答える。

「はい。少しの間復興を手伝おうかと思います」

「復興か？」

「はい。帰ってもやることはありません。なら少しでもできることをしようかと」

「そういうことか。だがな……」

そう言ってガイルは視線を、側で立っている一人の人物に視線をやった。

その人物にテオは見覚えがあった。

目が合い軽く頭を下げたのは——エイデスだった。

「……この人は？」

セシルがガイルに尋ねる。

「この者はシュトルツ商会のエーデン殿だ」

「シュトルツ商会!?　ここ最近規模を大きくしているという商会の、ですか？」

「そうだ。昨日の戦闘でこの部屋に大きな傷跡ができたのだが、それを一晩で元に直したのだ。それでこのエーデン殿がある提案をしてきてな」

「提案、ですか？」

セシルの言葉にエーデンが答えた。

「初めまして。シュトルツ商会のエーデンと申します。提案とは、私たちシュトルツ商会が保有する物資をお分けするということです。人員も派遣し、王都の至る所で復興作業が始まっております」

「そういうことだ」

セシルはガイルの言いたいことを理解した。

「つまりは、私たちの復興協力は要らない、そういうことでよろしいのでしょうか？」

「うむ。ありがたい申し出ではあるのだが、学生であるそなたたちをこれ以上滞在させるのは申し訳ない。そういうことだ」

エイデスに任せておけば、何かとやっておいてくれる。

だがそこに待ったをかけた人物がいた。

その人物とは――……

「エーデン殿、何か用か？」

「はい。この三名をうちで使っても？」

「……どういうことだ？」

「まだ人員が不足しているので、人員が送られてくる間で良いので」

ガイルがセシルに視線を向けた。

その視線は「どうする？」と尋ねていた。

「是非！　お願いします！」

「わかりました。本日からお願いします」

「はい」

笑みを浮かべたエーデンがテオたちに手を差し伸べ、握手を交わす。

「期間は増員が来るまで、で良いのだな？」

「はい。それで構いません。こちらからも働きに応じて給料は出しますので」

「うむ。では後のことはよろしく頼んだ」

「はい」

「ではセシル殿たちも、シュトルツ商会の増員が来たら、レスティン王国に戻るように」

「「はい」」

こうしてテオたちはシュトルツ商会の下、復興作業に取り掛かった。

その後、テオたちはガイルに提案をし、クーデターの鎮圧に関わっていることを誰にも言わないと約束してもらった。

テオたちも国に、今この国がどういった状況なのか言わない約束を交わした。

復興作業に取り掛かるのだが、建物の撤去作業や食料難の者たちに配る炊き出しをすることに。

セシルは撤去作業に、エリナは炊き出し作業に向かった。

テオはエーデンに連れられ建物の中に入る。

テオは椅子に座り、配下たちが跪く。

「今回の計画は誰が指揮を執っている？」

「私です」

「そうか。ならこのまま、この国をシュトルツ商会なしでは生きていけなくしろ」

「それは陰からこの国を操れ、そういうことでしょうか？」

「察しがいいな」

テオのその言葉に「恐れ入ります」と頭を下げる。

「クーデターが起きたんだ。今後はそのようなことが起きないよう、裏から全てを管理しドグマの侵入も許すな。見つけ次第駆逐しろ」

「御意に！」

テオは話題を変えた。

「そうそう、話が変わるが……」

「なんでしょうか？」

「他の六影たちは何をしている？」

「はい。ヴァイス、イリス、ルージュの三名は、他の配下を引き連れ王都周辺にあるドグマのアジト及び、研究施設を潰しに向かっております。他はグリューンがレスティン王国王都に戻り指揮を執り、私とティスラでここの指揮をしております」

「そうか。あと、この王都にいたドグマは全て片付けたのだな？」

「はい。この王都は全て、シュトルツ商会を通じてネグロヘイムの手に落ちました」

「よくやった。もう聞くことはない。上手く管理しろ」

「はっ」

テオは席を立ち上がる。

「俺もそろそろ一仕事しようか。このままじゃ姉さんにサボるなと怒られてしまう」

「わかりました。では何をされますか？」

「瓦礫《がれき》の撤去作業でいいだろ」

「わかりました」

テオは去り、瓦礫の撤去作業に向かうのだった。

それから数日。

テオたちはひたすら瓦礫の撤去作業を行っていた。

——数日経った夜。

ヴァイスたちが周辺の掃討から戻り、報告をしてきた。

「周辺のドグマ掃討、滞りなく終わりました」

「ご苦労」

「はい。研究施設は燃やし、資料は手に入れておきました。こちらです」

手渡される資料を受け取り目を通す。

そこに書かれていたのは邪神の復活方法とその手順。

他は強化人間などのさらなる研究成果であった。

次に開かれた資料に、驚くべきことが記載されていた。

「魔族？」

テオの呟いた言葉にヴァイスが説明した。

「かつて邪神の眷属《けんぞく》として世界を脅かした存在。その魔族の研究も進んでいるとのことです」

「ふむ。魔族に関する資料も探すように」

「はっ」

「俺はレスティン王国に戻る。何かあった場合はすぐに知らせろ」

「御意に」

そしてテオは戻るのだった。


――翌日。

テオたちはついにレスティン王国に帰ることになった。

「もうこの国ともお別れね」

セシルの言葉にテオとエリナが頷いた。

「でもいい経験はできたんじゃないか？」

「そうね。エリナも十分に頑張ってくれてたもの。勿論テオもだけど」

「俺はオマケか……」

テオのガッカリとした言葉に二人が笑う。

そこに、御者席に座る人が話しかけてきた。

「皆様、この度は手伝っていただきありがとうございます」

「気にしないでください。こうして馬車まで出していただいて」

セシルが御者席に座る女の言葉に返した。

この馬車はシュトルツ商会が手配した馬車であり、この女性はネグロヘイムの手の者でもある。

セシルとエリナはそんなこととは気付かないし、気付かせるはずもない。

だが、セシルの目は誤魔化せなかった。

「この人、強いわね」

「え？　そうなの？」

「そうなのですか？」

見ただけで大体の実力がわかるテオであるが、知らんふりをする。

エリナはまだ相手の実力を見抜くには時間がかかりそうだ。

「あの身のこなし。私と同等か、それ以上よ。シュトルツ商会、見ただけでも手練れが多かったもの」

「へぇ～、用心しているんだね。強い分、馬車が狙われても対処ができるからじゃない？」

「そうかもね。一体どんな訓練をしているんだか……」

呆れたかのように呟いたセシルは、寝転び昼寝を始めてしまう。

それに付き従うようにエリナも昼寝を始めた。

現在この馬車に乗っているのはテオ、セシル、エリナの三名に、御者席の女性が一人と商会の護衛兼従業員が二名だ。

二人が寝たのを確認した護衛が尋ねた。

「テオ様もお休みになってはいかがですか？」

護衛の提案に、隣で寝息を立てる二人を見て頷く。

「そうだな、少し寝るとしようか。後は任せた」

「はっ、ごゆっくりと」

そうしてテオは寝そべり寝息を立て始めるのだった。

レスティン王国王都に帰ってきた。

屋敷に着くなり両親から心配されたが、自分たちは隠れていたと言って事なきを得た。

もし参加したと言ったら色々と聞かれるからだ。

長期休暇も半分近く残っており、セシルとエリナの訓練に付き合う日々。

たまにアリスティアとセシル、エリナの四人で訓練をしたりとしているうちに、気付けば長期休暇が終わり、学園が始まった。

「なあテオ、ベントグルム王国に行ったんだろ?」

学園に行って早々、ヴェルメリオが聞いてきた。

他のクラスメイトたちも気になっているようで、会話をしながらもこちらに耳を傾けている。

「言っておくけど、クーデターが起きて俺たちは治まるまで隠れていただけだ」

「とか言って、本当は戦ったんじゃないのか?」

「バカなことを言うなよ、ヴェル。他国で戦っても後々何か言われるだけだ」

「ちぇっ、つまんねぇ」

「つまらなくて悪かったな」

テオの言葉を聞いてクラスの全員が「なんだよ～」という感じで、早々に興味をなくした。

このことはアリスティアにも言っていない。

執拗《しつよう》に迫ってきたが「隠れていた」と何度も言った。

あれからベントグルム王国がどうなったのかというと。

ヴァイスからの報告では、シュトルツ商会の助力があり、食料などの物資を届けたお陰で、今では商会の権力は大きくなっていた。

強さで言えば、場合によっては国王以上の権力にもなったりするとのこと。

王城にも配下を忍ばせ上手く官職に就いた者すらいる。

今ではベントグルム王国はネグロヘイムの手に落ちたと言っても過言ではなかった。

（これで二つ、か……）

レスティン王国にも配下は多くおり、シュトルツ商会の影響力は拡大している。

王宮も見過ごせないほど、シュトルツ商会は大商会になっていたのだ。

レスティン王国とベントグルム王国はすでにネグロヘイムの手に落ちた。

着々と陰からの支配が進んでいた。

「ねえテオ、この後時間あるかしら？」

「アリスか。あるけどどうした？」

「少し訓練に付き合いなさい」

「暇だしいいよ」

その日の授業が終わり、テオはアリスティアと一緒に訓練場にて訓練に付き合っていた。

訓練場には木剣同士が打ち合う音が響く。

「テオ、あんた強くなった？」

「そうかな？　もしかしたら長期休暇の訓練の成果が出たのかも」

「そう。あなたも成長するのね」

「どういう意味だよ」

成長しないと思われていたようだ。

「だっていつもはやる気なさそうだから、ついね」

「姉さんにビシバシ鍛え抜かれたよ……休みなのにダラダラできなかった」

「良かったじゃない」

「良くはないけど——ねっ！」

再び木剣同士が打ち合う音が響く。

数度打ち合い、テオの木剣が手から弾かれ宙を舞い、アリスティアが手に持つ剣が喉元に突き付けられる。

「——参った」

両手を上げて降参する。

「今日は終わりにしましょうか」

飲み物を飲みながらアリスティアと雑談をし、家に帰ることにしたテオだが、一度シュトルツ商会に寄ることにした。

夕刻にも関わらず、シュトルツ商会の前には人の列ができている。

並ぼうとしたが、店員の男がテオを見かけて声をかけた。

「テオ様、よろしければ中にご案内しますが？」

「ん？　ああ、頼むよ」

店員の後ろを付いて歩くテオを羨ましく見る視線が突き刺さる。

有名商会に並ばず入れるテオを妬《ねた》んでいるのだ。

「いいよな、貴族様は」

列に並ぶ男からそんな声が投げかけられた。

その声に従って、他の者たちも「ズルい」とテオに罵声を上げ始めた。

店員が何かを言おうとしたが、店からグリューンが現れた。

「何かあったのですか？」

店員に問いかけ、そこにテオがいることに気付く。

店員がグリューンに説明する前にテオが説明する。

「なるほど。そうでしたか」

「並ぼうか？　俺は別に構わないが」

「いいえ。その必要はありません」

グリューンのその言葉に客が反応した。

「貴族だからって優先するのか!!」

「そうだぞ！　ここは平等に客を扱うんじゃなかったのか!!」

「その通り、シュトルツ商会ではお客様は全て、王族であろうと平等に扱います」

「ならそこの坊ちゃんをなんで先に入れるんだ？」

「それはこの人が、私たちの恩人だからですよ。私たちシュトルツ商会は、この方に返しきれない恩があるのですよ」

「恩だと？」

疑問の声にグリューンは教える。

「賊から助けてもらい、さらに活動するための資金援助までしてくれたのです。そのお陰でこうして生きることができ、ここまで大きくすることができました。この方には感謝しかありません」

そこまで聞くと客たちは何も言えなくなる。

それだけの理由があるのだ。贔屓されて当然だったからだ。

「わかっていただけましたか？」

「ああ、つまりはこの人のお陰で、今こうして活動できているってわけか」

「その通りです」

客たちの表情はどこか納得した表情になっていた。

「そうかい。なら俺たちはそこの坊主に感謝しないといけないな」

「ありがとうよ坊主」

「ありがとう貴族の坊ちゃん」

「さっきはひどいこと言ってすまんかった。謝るよ」

口々に飛んでくるのは感謝の言葉と、先程の非礼に対する謝罪だった。

手の平返しのようだが、みんなが感謝しているが伝わってくる。

「ではテオ様、こちらへどうぞ」

テオはグリューンの後に続き、商会の中に入っていくのだった。

テオがシュトルツ商会に寄った理由は一つ。

今後の活動に関してだった。

帝王の玉座に座るテオは、この場にいる配下たちを見下ろす。

「グリューン、先程はよくやった」

「ありがたきお言葉」

「うむ。先ずは報告を聞きたいがその前に、エイデスとイリスはどこにいる？」

現在、ここにいるのはヴァイス、グリューン、ティスラ、ルージュの四名である。

「はい。二人はまだベントグルム王国におります。報告ではそろそろ戻ってくるとのことです」

「そうか」

そして報告を聞くことに。

ティスラが資料をテオに手渡す。

「こちらをご覧ください」

テオが資料に目を通しているのを確認したヴァイスが説明を始めた。

「現在、隣国のディザール帝国が戦争の準備をしていると、情報が入りました」

「何？　それは本当か？」

「事実です。部下の者が物資、武器を大量に買い漁《あさ》っているのを確認したとのこと」

「そうか。それで帝国はどこを狙っている？」

「それが――」

ヴァイスの言葉を聞き目を見開いた。

その狙っている国が――ここ、レスティン王国なのだから。

「帝国はレスティン王国の何を狙っているかわかるか？」

「推測ではありますが、それでもよろしければ」

「それでも良い――いや、まさか鉱山か？」

テオの導き出した言葉に、ヴァイスは驚きながらも頷いた。

「さすがです。まだ予想ですが、どうしてわかったのですか？」

「ディザール帝国とレスティン王国の国境には鉱山がある。現在はその全てをレスティン王国が所有しているが、そこからは純度の高い鉄に金、ミスリルが産出される。帝国はそれを狙っているのだろう。王国は帝国が戦争の準備をしていることは知っているのか？」

「いえ。まだ知らないようです」

(今動かないと、王国は焦るだろう。準備もままならない状況では、帝国との戦争は負ける可能性が高い)

「それとなく王宮には通報しろ」

「了解です。私たちはいかがいたしましょう？」

ヴァイスたちの視線がテオに向けられる。

判断を委ねているのだ。

それすなわち、ネグロヘイムも戦争に参加するか、しないかの選択を。

「今は傍観《ぼうかん》だ。そこにドグマの影があるようなら戦争もろとも潰す。いいな？」

テオの指示にこの場の全ての者が「御意」と返事を返す。

「他に報告はあるか？」

「では私から」

ルージュが手を挙げ、歩み寄る。

「ルージュか。どうした？」

「はい。現在、他の人員を例の場所にて訓練を行っております」

「ほう」

「個々の強さは今では大きく向上し、ある程度の実力者でも倒すことは可能です」

「よくそこまで育て上げた」

「恐縮です。全てはノワール様のために」

「報告は以上か？」

誰も何も言わない中、ヴァイスが挙手する。

「テオ様、よろしいでしょうか？」

「どうした？」

「そ、その……」

ヴァイスが言い淀む。

「用がないなら帰るが？」

立ち上がるテオをヴァイスが呼び止める。

「お待ちください！」

ヴァイスは意を決したのか、テオに提案した。

「よろしければ皆で、お、お食事でもいかがでしょうか？」

ヴァイスの言葉に、ルージュやティスラが、バッと視線を向けた。

勿論ヴァイスに、である。

その視線は「よくやったヴァイス！」と物語っている。

ヴァイスの提案に、テオは少し考える。

「そうだな……」

この場にはイリスとエイデスがいない。

エイデスなら「またの機会に是非」と言うが、イリスは駄々をこねるのが目に見えていた。

「またの機会にしよう。イリスが駄々をこねるだろ？」

「ふふっ、確かにそうですね。一度駄々をこねたらテオ様以外、鎮めるのに時間がかかります」

「では六影が揃った時にでもやるとしようか」

「はいっ！」

ヴァイスが満面の笑みを浮かべる。ヴァイスのみじゃない。ルージュやティスラ、グリューンですら喜んでいる。

「たまにはパーティーにしようか」

テオの言葉に、この場にいる配下が皆喜んだ。

このネグロヘイムの配下全員は、テオを信奉しているのだ。

それも狂信者かのように。

「わかりました。では二人が戻り次第ご連絡します」

「ああ、楽しみにしている」

テオは商会を後にし、家に戻った。

――翌日。

王宮に激震が走った。

それは隣国のディザール帝国が、戦争の準備をしているという報告を受けたから。

玉座の間にてレスティン王国、フィリップ・フォン・レスティンが真偽を問う。

それに答えたのは情報を集めている部隊の隊長だった。

「まだ噂にすぎません。何者かから帝国が戦争の準備をしているとの密告が」

「何者か、か。その者については？」

フィリップの言葉に首を横に振った。

つまりは発信源の者が誰だか掴めてはいないということ。

「こちらでもその噂が本当なのか、部下を派遣しております。遅くても二週間後には事実を突き止められます」

「わかった。何処を狙っているかはわかるか？」

隊長は「いえ」と首を横に振る。

「わかった。こちらでも会議を開きすぐに動けるようにしておく」

「わかりましたらすぐにでも」

残ったフィリップは力なく背もたれに寄りかかった。

「戦争、か……また多くの命が消えることになる。なんとしてもそんなことが起きないようにしたいが……」

だがフィリップの言葉の通りになることはなかった。

六章

二週間後。テオはヴァイスから六影が全員揃ったことを聞く。

「そうか」

「パーティーはテオ様の学園がお休みの日に執り行いますが、よろしいでしょうか？」

「ああ、それで構わない」

「皆が楽しみにしております」

「なら良かった。俺も楽しみにしている」

「はいっ！」

話が移り変わる。

「帝国が攻めてくる時期は掴めたか？」

「いえ、まだ予測の範囲内となってしまいます」

「構わない」

「では」

ヴァイスは帝国が攻めてくる時期と規模を、集めた情報から推測して導き出す。

「帝国が攻めてくるのは早くて一ヵ月後。遅くて二ヵ月後といったところでしょう」

「そうか。ドグマの気配は？」

「今のところ掴めておりません……」

ヴァイスが口籠《くちご》る。

「どうした？」

「はい。不穏な気配がしてなりません」

「不穏な気配？」

「はい。何故今になって攻めてくるのか。どうして鉱山を狙うか、です」

「些《いささ》か急な動き出しではあるか」

テオの言葉にヴァイスは首を縦に振って肯定していた。

「それに不可侵協定を破ってまですることなのか？　向こうだって鉱山は多く保有しているはずだ。理解ができんな」

「頼む」

「私も同じです。もう少し探りを入れておきます」

「ではこれにて。パーティー、楽しみにしております」

ヴァイスは消えるように去る。

残ったテオは戦争について考える。

（向こうでは毎日のように戦争が起きていたが、こちらでも戦争か。戦争は何も生まないのにな……）

戦争。それは人間同士による殺し合い。

夜空に浮かぶ月を見上げながら思う。

（早々に潰すのも手ではあるが、些か労力が掛かる――いや。どちらも同じか）

戦争が起こる前に帝国を潰すか、戦争が起きてから潰すか。

どちらも掛かる労力が同じことに変わりはなかった。

考えるのをやめたテオは早々に寝ることにしたのだった。

しばらくして学園でも戦争のことが話題に上がっていた。

「テオ。あなたはこの戦争をどう見る？」

アリスティアが尋ねてきた。

「帝国が攻めてくるのは確定なんだろ？」

「ええ。そうね」

「この時期に、しかも協定を破ってまですることではないと思う。帝国の上層部が何を考えての行動かわからないね」

「鉱山を狙っているみたいよ？」

「帝国だってこっちより多く保有しているだろ。なんで国境の鉱山を狙う必要がある？」

頭を悩ませる。

「もしかしてそこの鉱山に、帝国が欲しい物が埋まっているのかも？」

リーリアが言った言葉に、テオもそれしかないと考えた。

それ以外に考えられないからだ。

アリスティアも頷く。

「お父様もそう言っていたわ」

「でも一体何があの鉱山に……」

考えてもわからないものはわからない。

そんなことをしているうちに、担任が教室に入ってきた。

「お前たちよく聞け」

そう声を上げ、担任は告げた。

「本日未明、帝国が宣戦布告をしてきた」

動揺が広がる。

確かに準備をしていたのなら、宣戦布告をしてくるのは当然だ。

「不可侵協定を破っての宣戦布告だ。向こうは準備が終わりかけていると、国から報告を受けている。こちらの戦力は帝国に劣るため、王国は学徒動員をする可能性があると言っていた。それだけは心にとどめておくように」

担任の言葉にどよめきが広がるも、安心させるように続けた。

「大丈夫だ。そうなったとしても、学生は主に物資などの支援になると言っていた。だが、今日から授業は戦争に備えての訓練にする。いいな！」

生徒は「はい！」と返事する。

そんな中、アリスティアが隣に座るテオを見て尋ねた。

「テオは怖くないの？」

「学徒動員が決まったとしても覚悟はしているよ」

「……強いのね」

「強いんじゃない。覚悟ができているだけさ」

そんなテオの言葉にアリスティアが「ふふっ」と笑った。

「それ、前にも言ったわね」

「ああ、そう言えば前にもあったな」

「それにテオの言う通り、覚悟だけはしないといけないかも」

アリスティアの目が真剣になる。

そして今日からテオたちは、戦争に向けての訓練が始まった。

誰もが『死にたくない』という一心で、真面目に訓練に取り組む。

下手をすれば死ぬ。下手をしなくても、圧倒的な戦力差だった場合は全滅もありうるから。

死なないためには強くなるしかない。

その一心で、生徒たちはひたすら剣を振るう。

そんな中、ヴェルメリオがテオに尋ねた。

「なあテオ」

「どうした?」

「俺はこんな戦争で死にたくはない」

「同感だよ」

「なら強くなるしかないよな」

「そうだ。強くなるしかない」

ヴェルメリオがテオを凝視し、声を出して笑った。

「なんだよ?」

「いやなに。お前は相変わらず平常運転だなって」

「戦争なんかで死ぬ気はないだけだよ」

「そうだな。死なないように強くなるしかないな」

こうしてテオたちは、来る日に向けて訓練を続けるのだった。

休日になり、テオはとある屋敷にやってきていた。

「随分とデカい屋敷なことだ」

テオが見上げた屋敷は、そんな言葉が出るほどに大きかった。

王都の誰もが知るシュトルツ商会が建てた屋敷。

どんな大商人でも国と王からの許可がない限りは、貴族たちが住まう区画に屋敷を建てることはできない。

つまりは、シュトルツ商会は国と王からも信頼されているということだった。

「テオ様、どうぞお入りください」

屋敷の門を守る配下の門番に促され中に足を踏み入れた。

庭も綺麗に整備されており、植えられた木々も丁寧に剪定《せんてい》されている。

扉が開かれ、メイドに案内が引き継がれる。

「テオ様、ご案内いたします。どうぞこちらへ」

メイドの後を付いていく。

テオがメイドの後ろ姿を見ると、視線に気付いたメイドが振り返った。

「すまない。少し見すぎた」

「い、いえ」

テオに見られたことでメイドが頬を染める。

「その所作はどこで習った？」

テオの質問にメイドは「ティスラ様からです」と答えた。

（ティスラか。確か元は貴族の出だったな）

「全員に教えているのか？」

「いえ。ティスラ様が教えたのは初期の者たちだけです。今となっては私たちが教えております。それに元はメイドをやっていた人もおりますので」

「そういうことか」

会話は終わったのだが、メイドはどこか嬉しそうに頬を緩ませていた。

どうしてなのか理解ができないテオであったが、それも当然のことだった。

全ての配下はテオを信奉し、心酔しているのだから。

そんなことに気付かないテオは、会場へと続く扉の前までやってきた。

「テオ様。お手数ですがこちらで一度着替えていただきます」

「着替え？」

「はい。その、ご不満でしたでしょうか？」

テオは自分の恰好《かっこう》を確認するが、着ているのは学生服だ。

確かにパーティーには似つかわしくないだろう。

「いや、着替えようか」

「ありがとうございます。ではどうぞ」

部屋に通され用意された衣装に着替える。

そのまま部屋に入ってきた者たちによって髪型を整えられたテオは、先程案内してくれたメイドと共に会場に赴いた。

会場からの声が扉越しにテオへ伝わる。

「――我らが帝王のご登場だ」

開かれる両開きの扉。

床には一直線に伸びる真紅のカーペットが敷かれ、向かう先は上段にある玉座。

その前にはヴァイスたち六影が控えるかのように佇んでいる。

そしてテオの登場に、その場の全員が一斉に跪いた。

テオは玉座に向かって歩を進め、跪くヴァイスたちの横を通り過ぎ、玉座に腰を掛けた。

会場には多くの料理が並べられ、百人近くの配下がこの会場にいた。

今回のパーティーに参加している配下は、厳正なるくじ引きによって参加権利を得た者たちだ。

当選の確率は0．5％とかなり低い。

そんな抽選をくぐり抜けた配下たちに向けてテオは口を開いた。

「面を上げよ」

テオの声に従って顔を上げる。

その視線はテオへと、自分たちの王に注がれる。

「このようなパーティーを開いてくれたこと、心より感謝しよう」

テオは続ける。

「さあ、立ち上がって楽にしてくれ」

テオの言葉に従い立ち上がる。

「最初は小さかったこの組織も、今ではここまで大きくなった。商会の立ち上げによりさらにネグロヘイムは根を広げ、情報収集も容易になった。これも皆のお陰だ。敵はドグマの他にもいるかもしれない。そのことだけは常に忘れるな。我らの目的はただ一つ――世界を陰から支配することのみ。さあ、楽しいパーティーの始まりだ！」

パーティーが始まった。

テオは料理を食べつつも六影たちと話し、時には配下とも会話をする。

行われる催しを楽しみつつ、テオに声をかけようと躊躇《ためら》っている者に声をかけたり、配下の悩みを聞いたりとしているうちに、時間はあっという間に過ぎていった。

「テオ様、今度模擬戦でもやりませんか？」

そうテオにそう提案したのはイリスだった。

獣人だからだろう。

「そうだな。イリスもあれからどれだけ成長したか見たいとも思っていた」

「本当ですか!?」

イリスは耳をピコピコさせ、尻尾をブンブンと振り回す。見てもわかるが、この反応は嬉しい時の反応だ。

テオは、いつもクールなイリスでも、そんな可愛らしい反応をするのかと笑みを浮かべる。

「ああ、時間がある時にこちらから声をかけよう」

イリスがきっかけだったのか、ヴァイス、ルージュ、ティスラ、エイデス、グリューンから「私とも是非！」と誘われる。

テオはその言葉に頷いた。

配下との触れ合いも時には大事だ。前世ではなかった触れ合い。向こうでは帝王と配下の間には大きく分厚い壁があったが、今では前世と比べて壁は薄い。

そして楽しいパーティーは終わりの時間となり、テオは集まった者たち全員に礼をして家に戻るのであった。

◇◇◇

――ディザール帝国の玉座の間にて。

レスティン王国へとまだ情報が届いていない時。

玉座に座る体躯の良い男性の下座《しもざ》には首を垂れる面々が。

この玉座に座る男の名はゼクス・ゼン・ディザール。

ディザール帝国の皇帝である。

「皇帝陛下、ご命令通り食料と装備を買い集め、もう少しで完了いたします」

「もっと早くはできないのか？　これではレスティン王国に気付かれ対策される」

言葉と同時に降りかかるプレッシャーに、先程告げた者はガクガクと肩を震わせる。

「も、申し訳ございません！　準備を急がせるように伝えます！」

「そうしろ」

「はっ！」

続いて鎧に身を包む男が報告する。

「兵の徴集は順調です。じきに集まります」

「もっと早くしろ。一週間以内に招集し出発まで訓練させろ！」

「そ、それでは練度に――」

「口答えするな！　急げ！」

「た、直ちに！」

男はすぐに頭を下げ引き下がる。

続いて一人の仕立ての良い軍服に身を包んだ男が口を開いた。

「皇帝陛下、作戦についてのお話がございます」

「わかった。別の場所で軍部の者を交えて話そう」

「了解です。ではのちほど」

ゼクスは辺りを見渡す。

「他はいないか？　レスティン王国のことについて情報を持っている者は」

ゼクスの言葉に挙手をする者が現れた。

「ふむ。話せ」

「では失礼しまして」

男は持っているレスティン王国の情報をゼクスに伝える。

「レスティン王国はまだこちらの動きに気付いておりません。狙っているのが鉱山だともまだ知りません」

「そうか。アレがなければ計画を動かすこともできない」

「鉱山に眠っているはずの【魔の棺《ひつぎ》】、アレがあれば計画は進みますから」

「向こうがまだ気付いていないなら、早急に準備を終わらす必要がある」

「仰る通りです」

「以上だ。この後は作戦指令部に向かう。そこで今回の作戦を今一度確認しよう」

こうして各々は戻り、ゼクスは軍部の作戦司令部に向かった。

作戦司令部に到着したゼクスに、待っていた将軍たちが立ち上がり跪く。

「皇帝陛下、お待ちしておりました」

「うむ。では始めるとしよう」

「はっ」

こうして作戦の確認が行われた。

◇◇◇

レスティン王国にて。

帝国が動き出したと報告を受け、緊急の会議が玉座の間にて開かれた。

「帝国が狙っているのはなんなのか、情報は掴めたのか？」

「いえ……ですが帝国が国境近くの鉱山を狙っているという情報が流れてきました」

「その情報の出所は？」

「それが風の噂でして……」

「う〜む……」

フィリップが顎に手をやり唸《うな》る。

出所が不明な情報を信じて動くには聊《いささ》か怖い。

それが原因で戦争に負けては元も子もないからである。

「もしそうだとしたら、鉱山が豊富にある帝国が何故国境の鉱山を狙うかだ。周辺鉱山に関する情報はあるか？」

「はっ、こちらに」

手渡された資料に視線を落とす。

だが、その資料は鉱山から何が掘れるか、まだ眠る何かがあるのかだ。

「鉱山周辺の資料はあるか？」

「こちらに鉱山とその周辺にあるモノが描かれた地図がございます」

「持ってこい」

「直ちに！」

少しして持ってきた地図を広げ、皆でそれに目を通す。

確認するも鉱山周辺に目立ったモノは何もない。

ただ、三点を除いては……


「これはなんだ？」

フィリップの問いに、その場に居合わせた学者が答えた。

「それは古代の遺跡です」

「古代の遺跡？　何故このような所に？」

フィリップの言葉に学者は首を横に振った。

「わかりません。ですがその遺跡はすでに調査されております。目立ったモノは何もなく、古代の遺物は回収済みだったはずです」

「三つともか？」

その問いに学者は「はい」と肯定する。

この場に居合わせる他の貴族や大臣たちも「ならそこは関係ないだろう」と結論付けた。

（むむっ、なら何もないのか……？）

「やはり私たちが知りえない何か、資源が鉱山に眠っていると考えた方が得策では？」

「うむ。その方向で考えておこう」

どうも腑《ふ》に落ちないフィリップではあるが、遺跡に何もないというのもその通りであった。

「防衛はいかがいたしますか？」

「戦場はどこになる？」

「恐らくはここから西方にある開けた地が戦場になるかと」

地図を広げて、鉱山との距離を確認するが、場所的にはそう遠くはなかった。

「少しの兵を鉱山の周辺の防衛に当たらせよ」

「了解です。それと敵の兵力ですが、数は凡《およ》そ八千～一万になるかと」

「ふむ……」

「学徒動員をしますか？」

少し考え将軍に尋ねる。

「ガルム将軍、いいか？」

「なんでしょうか？」

「兵の数はどれくらい揃えられる？」

フィリップの言葉にガルム将軍は、他の者たちと数人で話したのちに答えた。

「揃えられて七千～九千弱になるかと」

「そうか。将軍は学徒を動員した方がいいと思うか？」

「学生を戦場に出すのは気が引けます。まともに対人戦をしたことがない者たちです。前線はキツイでしょう」

「やはりか。なら後方支援になるか」

「はい。できても前線までの物資の輸送になるかと思います」

「学生を戦争には出したくないが、その決定を学園に伝えてくれ」

「はっ、直ちに！」

「問題は帝国が本当に欲しがっている物だ。それに関してできる限り情報を集めよ！」

「「御意っ！」」

そうして会議は終わりとなるのだった。

テオたちに担任は告げた。

「前にも話したが、昨日、国から正式に学徒動員が命じられた」

どよめきが広がる。

なんせ戦争に参加するのだ。

それも学生である自分たちが。

死ぬかもしれないのだ。緊張と恐怖がみんなの心中を支配する

テオが隣のアリスティアを見るといつも通り平然としていた。

昨夜のうちに聞いたアリスティアはもう落ち着いていたのだ。

「アリスは平気そうだな?」

「そう見える? 正式に決まってからというもの、緊張しているわ。昨日父上から聞いた時はみんなと同じ反応をしたもの」

テオは「そうか」と言葉を返す。

「テオは平気そうね?」

平気かと問われれば、テオは事前に情報を配下から得ていたので驚きはしなかった。

そもそもレスティン王国とディザール帝国の戦力の差を考えると、こうなることがわかっていたともいえる。テオの予想が的中したと言えばよいだろう。

「まあね。向こうとの戦力差を考えればこうなることは誰にだってわかるよ。戦えない民衆を集め

るよりも、学園で魔剣士として育てられた俺たち学生を使った方が戦力になる。それでも陛下や将軍たち軍部の者は俺たち学生を前線送りにはしないさ。俺たち学生がやるのは前線への物資輸送だろうね」

テオがそう言った直後、担任は学生たちが戦場で行うことを告げ、その通りだったことにアリスティアは目を見開いた。

その目はまるで「よくわかったわね」と告げているようだった。

事実、アリスティアは驚いているのだから。

「戦場は帝国と王国の国境近くに開けた場所がある。戦うには十分な広さがあるから、恐らくはそこだろうね」

「……なんでそこまでわかるの？」

元々聞かされていたアリスティアは、テオの答えが的中していたことへの驚きでそんな言葉が出た。

だがテオにはそれくらいのことを考えるのは余裕であった。

「なんでって、それは帝国が攻める最短ルートに、こちら側の準備が整う期間を考えれば自《おの》ずと導き出せるってこと」

アリスティアはテオの推察力に驚愕する。

（こんな短時間でここまでわかるものなの……？）

担任からの説明は続くも、全てはテオの言った通りだった。

「出発する時期だが――」

担任に合わせてテオもアリスティアに聞こえる声でボソッと呟く。

「「三週間後だ（になる）」」

「……テオ。あなたの頭の中、一体どうなっているのよ……？」

「これくらい考えれば誰だってできる芸当だよ」

「できないわよ、普通はね」

アリスティアのジト目がテオに向けられるが、それを受け流しハハッと笑って流すのだった。

休憩時間になってもクラスは騒がしい。というよりも学園全体が騒がしい。

その理由は学徒動員にある。

不安気な表情をする者、勇敢に戦うと意気込む者と様々だった。

ヴェルメリオがテオに尋ねた。

「前みたいに落ち着いているな？」

「焦ったりしても何も変わらないよ。それに、戦いで一番重要なのは落ち着いていられる精神だ。ああやって意気込んで突撃する奴はすぐに死ぬ」

テオは今も意気込んでいる生徒を見て、ヴェルメリオたちに冷酷にそう告げた。

「おい。それはあまりにも……」

「いいかヴェル」

テオはヴェルメリオの目を真剣に見つめる。

ヴェルメリオだけじゃない。

アリスティアにハント、リーリアを見渡してから口を開く。

「戦争に勇者や英雄は必要ない。そんなものはただの蛮勇《ばんゆう》だ。臆病者ほど生き残るとはよく言ったものだ」

四人の顔に影が差し込む。

「でも、結局は勝てなければ意味ないじゃないか」

ハントの言葉にテオは頷く。

確かにハントの言う通りである。勝たなくては意味がない。

「でも勝てなくても、休戦協定に持ち込めればいいんじゃ？」

「それが今回の戦争で妥当なところだろうけど、帝国が何を狙って攻めてくるかが問題だ」

「……目的？」

リーリアが呟きにテオは頷く。

「そう。帝国が目的なしに攻めてくるとは考え難いからね。鉱山を狙っているとは言っているが、本当にそうなのか。帝国には十分なほどに鉱山がある」

「なら一体何を狙って……」

「そこの鉱山からしか発掘されない何かか、その周辺の他の何かってことだよ」

丁度そこでチャイムが鳴り授業が始まった。

テオは帝国が欲している物が鉱山ではないと予想していたが、確信が得られないので目的がわからないでいた。

そうして授業が終わり夜となり、家に帰ったテオをセシルが呼び出す。

「どうしたの、姉さん？」

「テオ、戦争でも決して無理はしないこと。いい？」

「それくらいわかっているよ。まだ死にたくないからね」

「そう。ならいいわ」

セシルは仮入団ということもあり、気になったテオはセシルの配属がどこになるのかを尋ねた。

「私？」

「そう。俺たち学生は後方支援だけど、姉さんは仮入団しているから気になってね」

「なるほどね。私は騎士団の支援に回ることになったわ」

「支援……？」

騎士団の後方支援についてセシルは説明する。

「騎士団は前線。その物資の支援だけど、恐らくは私も一緒に戦うことになるわ」

エリナが会話に交ざってきた。

「危険じゃないの？」

「そうですよ、お姉様！　お姉様だってまだ学生です！　前線で戦うなんて……いくらお姉様でも」

エリナは顔を俯けた。

家族が戦争に行くと聞いて不安でしかなかったのだ。

学生は後方支援と聞いて戦わなくていいと安心していたが、姉が戦うかもしれないと聞いて不安になったのだ。

セシルはそんなエリナの頭を撫で落ち着かせる。

「大丈夫よ、エリナ。自分が強いって慢心はしてないわ。それに私の所には【剣聖】であるフェリシア様がいるのよ？　大丈夫よ」

「……本当、ですか？」

不安気な瞳がセシルを見つめ、そんなエリナに向かって笑みを浮かべた。

「ええ。だから安心してテオと私を見送ってほしい」

「お兄様……？」

「ああ、姉さんの言う通り。エリナがそんなんじゃ、俺と姉さんは不安で向こうに行っても安心できないだろ？」

「……はい。そう、ですよね！　わかりましたです！　エリナはお姉様とお兄様を信じて待っています！」

満面の笑みを浮かべるエリナだった。

一週間後の夜。

テオは皆が寝静まった頃を見計らい屋敷を抜け出し、ネグロヘイムの王都拠点である屋敷にやってきていた。

用意されたテオ専用の椅子、玉座に腰を掛け幹部である六影と情報収集を行っていた者たちが集められて話し合いが行われていた。

ヴァイスが用意した資料を手に行われた。

「では話を聞こう。主に帝国に関してだが」

そこでルージュが手を挙げた。

「私からよろしいでしょうか？」

「話せ」

「はっ。部下が集めた情報によりますと、前の予想では帝国は鉱山の何かを狙っていると考えていました」

「うむ。前の予想ということは？」

「はい。帝国は鉱山近くにある太古の遺跡を狙っているようです」

「太古の遺跡？　ここに地図はあるか？」

配下の者が地図をテオに渡す。

「ここにある遺跡のうち、三つだな？」

「はい」

「この遺跡がなんなのかわかるか？」

ルージュは続きを話す。

「この遺跡を調べたところ、何かを召喚、いえ、復活させるための儀式のような部屋を発見しました」

「儀式だと？」

ルージュは肯定した。

「古代文字で『悪《あ》しき神の眷属は復活する』と書かれておりました」

「悪しき神、つまりは邪神か」

「我々も目を疑いました。部屋の中央には棺が置かれ、そこに眷属——いえ、太古の魔族が封印されていると結論付けました」

「魔族、か」

どの程度の強さなのかは不明。文献だと一人でも多くの者たちを屠《ほふ》る力があると言われている。

「儀式の方法はわかっているのか？」

「いえ。恐らくその儀式の方法は帝国側が握っているかと……」

わからないということは、帝国の上層部しか握っていない情報というわけだ。

つまり対処法は限られるということ。

「王国はこのことを？」

「魔族が封印されていることは知りません。それと王国側は遺跡と鉱山を防衛するために人員を割くようです」

「妥当な判断だろうな。情報が不確実でもその判断を下した上層部を褒めればよいのか」

戦争だ。大きな人員を割けないにしろ、その判断を下した者をテオは素直に褒め称えた。

だが、帝国は恐らく少数精鋭を送り込んくるだろう。

「他の遺跡も同様に魔族が？」

テオの言葉に肯定した。

つまりは三体の魔族が復活したら、騒ぎになるということ。

そこへヴァイスが会話に入ってくる。

「あの……」

「どうした？」

「魔族の復活ということは、もしやドグマが関わっているのでは？　邪神の眷属である魔族です。それを復活させ仲間に引き入れる算段では？」

「可能性は無きにしも非《あら》ず、か」

今回の戦争でネグロヘイムがどう動くのかが今後の展開に関わるだろう。

「では我々も王国側に気付かれないように遺跡の防衛だ。上手くいけばそのまま封印されている魔族の始末を行う」

一同が返事をした。

グリューンが尋ねる。

「我々は今後、どう動けば？」

「優先度が高いのは太古の魔族復活の阻止。次にドグマが関わっているだろうこの戦争を止めることだ」

「もし復活の阻止が失敗したらいかがいたしますか？」

「その時は倒す。それだけだ」

「了解です」

そこからさらに当日の打ち合わせが行われ、ティスラが尋ねる。

「テオ様はどう動かれるので？」

「俺、か……」

それが肝心だった。

魔族が復活すれば、六影での対処が難しくなる可能性が出てくる。

「俺は今回後方支援に配属されている。上手く抜け出せればいいが……」

「難しいですね」

　エイデスの言葉に頷く。

　何が難しいかと問われれば、グループで動くとなると、抜け出したら捜索される可能性が出てくる。

　それを回避するにはどうするかを考えていると、一人の配下が手を挙げた。

「む？　お前は？」

「レスティン王国の騎士団に紛れ込み、情報を収集している者です。地位はまだ中程度ですが、私の部隊も後方支援に回りました」

「ふむ」

　配下の男が何を言いたのか察した。

「つまりはお前が俺に指示を出して抜け出させる算段か」

「はい。いかがでしょうか？」

　その配下の言葉にその場の全員が賛同する。

「では決まりだ。名前は？」

「ハンスです。騎士団ではハースと名乗っております」

「わかった。ではよろしく頼む」

「はっ！」

　ハンスは力強く返事をする。

漆黒の魔力が玉座に座ったテオを包み込む。

包み込んだ魔力が消え、玉座に現れたのは漆黒に身を包んだノワール。

玉座に座るノワールの背後から月光が差し込み、テオの口元には不敵な笑みが浮かんでいた。

そして跪く配下たちに向けて告げた。

「忘れるな。我らは正義でもなければ悪でもないということを。ただ我らは我らの道を往くまで」

ゴクリと生唾を飲む音がどこからともなく聞こえた。

ノワールは言い放った。

「――決して俺を失望させるな！」

こうして戦争への時間《カウントダウン》は刻々と近づくのであった。

あとがき

はじめまして。お久しぶりの方はお久しぶりです。

小説家をさせていただいております、WINGと申します。

この度は本作、『黒の帝王』をお手に取っていただき誠にありがとうございました。

この作品を書いている時、こんな主人公だとカッコいいなと思いながら、飽きないような展開を幾つも用意しました。

その中で印象的だったのは、アリスティアがミハエルに連れ去られた一連の騒動です。

ミハエルを倒して、その両親である子爵を倒しましたね。王宮が混乱している中で、国王であるフィリップの玉座に現れた描写。あそこはボーカロイド曲の作曲者であるKanaria様の代表曲である『KING』をイメージしていました。主人公であるテオが「愉快に笑う場面を見たいな〜」という感じです（笑）。

そしてこの作品、『黒の帝王』のタイトルですが、私自身が厨二病的なタイトルが好きでして、もう一つ書籍化予定の作品もその一例です（笑）。

『帝王』という響きが良く、それでいて『黒』が入ることで、闇の王って感じがしてお気に入りです（笑）。

続いて、帯コメントをいただきました『八男って、それはないでしょう！』の作者であるY．A先生。

お願いした時は難しいかな？　と思ったのですが、お受けいただけたことに感謝しかありません。

私としても、まさかＹ．Ａ先生が帯コメントを書いてくださると思わなかったので、感激で涙が出そうです！　Ｙ．Ａ先生、誠にありがとうございました。

皆様もこれを機に、Ｙ．Ａ先生の作品である『八男って、それはないでしょう！』をお手に取っていただけたらと思います。アニメの方もすごく面白かったので、観ていただけたらと思います！

続いては素晴らしいイラストを手掛けてくださいました綾森美々先生。

テオやアリスティア、セシル、ヴァイスがとても可愛らしく、そしてカッコよく描いていただきありがとうございます！

綾森先生、誠にありがとうございました！

続いて本作品のタイトル、『黒の帝王』の題字を書いていただいた私の親友ともいえる書道家兼小説家の津ヶ谷先生、本当にありがとう！

綾森先生のイラストに、津ヶ谷先生の題字で最高の作品に仕上がりました！

前々から津ヶ谷先生とは「一緒に仕事したいね」と話しており、これでようやく実現しました。

最後に、本作『黒の帝王～転生した帝王は異世界を無双する～』に携わってくださいました担当様をはじめ、素敵なイラストを手掛けてくださいました綾森美々先生、急なお願いにも関わらず帯コメントを書いてくださいましたＹ．Ａ先生、題字を提供してくださいました津ヶ谷先生にこの場を借りてお礼申し上げます。

本当にありがとうございました！

最後に、二巻が発売できるよう何卒よろしくお願い致します!!

BKブックス

黒の帝王

～転生した帝王は異世界を無双する～

2021年9月20日　初版第一刷発行

著　者　WING《ウィング》

イラストレーター　綾森美々《あやもりみみ》

発行人　今 晴美

発行所　株式会社ぶんか社
〒102-8405　東京都千代田区一番町29-6
TEL 03-3222-5150（編集部）
TEL 03-3222-5115（出版営業部）
www.bunkasha.co.jp

装　丁　AFTERGLOW

編　集　株式会社 パルプライド

印刷所　大日本印刷株式会社

定価はカバーに表示してあります。乱丁・落丁の場合は小社でお取り替えいたします。

本書の無断転載・複写・上演・放送を禁じます。

また、本書のコピー、スキャン、デジタル化等の無断複製は著作権法上の例外を除き禁じられています。

本書を代行業者等の第三者に依頼してスキャンやデジタル化することは、たとえ個人や家庭内での利用であっても、
著作権法上認められておりません。本書の掲載作品はすべてフィクションです。実在の人物・事件・団体等には一切関係ありません。

ISBN978-4-8211-4595-9
©WING 2021
Printed in Japan